KB155488

회계학 박사가 들려주는 '촌놈'다운 이야기

촌놈으로 살다보니

정병수 지음

세 번째 수필집

예감

촌놈으로 살다보니

정병수 지음

예감

목차

3부 · 아직도 가슴엔 여운이 / 95

4부 · 자연과 역사를 찾아서 / 139

5부 · 비판없이 발전 없다. / 185

6부 · 걸으며 생각하며 / 221

내 고향

태어나고 자란 내 고향 내 산천
지친 몸과 맘 포근히 감싸주니
언제나 미소짓는 큰 바위 되어
세월의 씨줄과 날줄을 엮으리라

2021. 6. 9. 정오, 백향 정병수 짓고 쓰다

세 번째 수필집을 내는 저자의 인사

지은이 정병수

필자가 "촌놈으로 살다 보니"라는 제목으로 3번째 수필집의 원고를 탈고하고 나니, 내심 홀가분하고 기쁘다. 그런데 3집 발간을 위한 보이지 않은 스트레스 탓인지 허리가 아파 병원에 갔더니, '퇴행성 디스크'란다. 읽히지도 않을 책을 발간하려 욕심부리다 '몸만 혹사시켜 탈이 났구나!' 라고 생각하니 기쁨과 후회가 교차되어 마음이 혼란스럽다.

필자가 2015년에 〈한국수필〉에서 신인상을 받고 등단한 이후, 그 해 〈영원한 촌놈〉이란 수필집을 처음으로 발간할 때만 해도, 내 이름으로 수필집이 세상에 나온다고 생각해서인지 신기하고 마음 설레고 흥분했던 기억이 지금도 생생하다. 이어 2017년도에는 마치 촌놈시리즈의 수필집을 발표하듯 〈촌놈이 어때서〉란 두 번째 수필집을 발간했다. 그 발간일이 공교롭게도 큰 아들의 결혼식 일자와 일치되는 바람에 미흡하지만 식장에 참석한 모든 하객들에게 '수필집'을 선물하는 이벤트가 되어 잊지 못할 추억으로 남아 있다.

그러나 두 번 째 수필집 이후, 또 수필집을 낸다는 것은 '뿌듯함' 보다는 '조심스러움'으로 다가온다. 아마도 이는 수필이 소설과 달리 자기 자신을 온전히 드러내는 작업이기 때문이리라! 그래도 절필(絶筆)하지 못하고 한 편 두 편 청탁을 받고 기고를 하다보니 어느새 책 한 권 분량이 되었다. 3집을 발간할까 말까 고민 끝에 '구슬이 서 말이라도 꿰어야 보배' 라고 하여, 세 번째 수필집 〈촌놈으로 살다보니〉가 탄생되었다. 물론 내가 생각하는 '촌놈'이란 사전적 의미 이상의 깊은 뜻을 내포하고 있다.

본 책의 구성은 크게 6부로 되어 있다. 1부는 '자랑스런 내 고향'으로 애향심을, 2부는 '축구 한 팀의 형제자매'라는 이름으로 '가지많은 나무 바람잘 날 없음'을, 3부는 '아직도 가슴엔 여운이'란 이름으로 눈물샘을 자극하고, 4부 '자연과 역사를 찾아서'에선 발길따라 눈빛따라 체험한 이야기들이, 5부엔 '비판 없이 성장과 발전이 없다'는 나의 평소 견해를, 마지막 6부 '걸으며 생각하며'에선 가벼운 생각의 스케치를 그렸다.

이번 3집에는 '이제야 말 할수 있다'는 양 오래 전에 쓴 글이 다수 포함되어 있다. 예를 들면 2부 〈어머님 영전에 무릎 꿇고〉의 내용은 지금으로부터 40년 전 1979년의 기록으로, 대학 3학년 때 어머님과 이별하고 탈상 때 눈물로 읽은 조사(弔辭)이다. 3부의 〈어느 훈련병의 눈물〉이나 〈눈물의 크림빵〉은 약 50년 전 논산 훈련병 시절에 기합이 심하고 배고프던 시절에 겪은 애환의 이야기이다. 또한 〈오뚜기 공병대대의 사병들에게 고함〉 은 20여년 전 병사(兵士)의 부모 자격으로 단상에 선 충효(忠孝)를 강조하는 강의 내용이다.

그러나 뭐니 뭐니 해도 본 수필집은 고향을 생각하는 애향심의 발로라고 감히 말하고 싶다. 이에 대하여 필자는 1부의 〈촌놈으로 살다 보니〉글에서 아래와 같이 밝히고 있다.

"나는 고향이 있기에 행복하다. 뿌리 깊은 나무가 바람에 흔들리지 않듯이, 고향이 있는 자는 험한 세파에도 큰 바위처럼 흔들리지 않을 것이다. 고향은 나의 정신적 뿌리이자. 생각의 샘이다. 지금까지 촌놈으로 살아온 것이 후회스럽지 않고, 앞으로도 변함없이 촌놈으로 살아가련다."

이 수필집이 완성되기까지는 많은 분들의 협력과 수고가 있었기에 가능했다. 기고한 글을 다년간 게재해 주신 합천신문사 박황규 사장, 자청해서 원고를 교정해 준 김덕영 고교 및 대학 후배, 칼라 인쇄에 필요한 예술적 가치가 높은 사진을 제공해 준 정성화 전 명지대교수이자 고교 동기, 흔쾌히 서문을 써주신 권해조 장군님과 추천사를 승낙하신 합천 문인협회 손국복 회장님께 감사를 드린다. 특별히 감사한 것은 표지 그림을 사용하게 한 고향의 선배 정태영 화가와 우연한 인연으로 기꺼이 출판을 맡아주신 예감출판사 이규종 대표이사에게 고마움을 표합니다.

필자 탄생 만 67년을 기념하여

2021년 6월 9일

백향(柏香) 정병수 (鄭秉洙) 올림

서문

권해조(예비역 장성, 한국국방외교협회고문)

백향(柏香) 정병수(鄭秉洙) 박사님의 세 번째 수필집 「촌놈으로 살다 보니」의 발간을 진심으로 축하합니다. 박사님과 나는 인연이 깊은 것 같습니다. 고향 합천의 향우뿐만 아니라 재경합천 문인회 회원이면서 최근에는 박사님이 운영하는 백향고전 줌인회(柏香古典 zoomin會) 고문으로 매주 한문고전을 같이 공부하고 있습니다.

며칠 전 박사님이 세 번째 수필집을 발간한다며 나에게 서문을 부탁하였습니다. 나보다 유능한 문인들도 많다며 극구 사양하였으나, 재차 부탁을 받았습니다. 박사님은 연세대 상대 재학시절에 공인회계사에 합격하고, 그 후 경영학박사 학위까지 취득하여 연세대학에서 30년이 넘도록 근무하면서 회계학을 강의하고 연세대 재단본부장까지 역임한 자타가 공인한 실력자입니다. 그리고 쌍백초등학교 총동창회장을 역임하고, 수시로 고향을 방문하며 합천신문과 재경합천문학지에 좋은 글을 기고하는 애향심(愛鄕心)이 남다르신 분입니다.

박사님은 2015년 〈한국수필〉 3월호에 등단하여 수필가로도 활동하고 있으며, 수필 1집 「영원한 촌놈(2015년)」과 2집 「촌놈이 어때서(2017년)」에 이어 이번에 촌놈 시리즈 3집을 발간하게 되었습니다. 박사님은 이미 두 편의 수필집을 발간하였고, 좋은 글도 많이 쓰셨기 때문에 사족(蛇足)은 달지 않겠습니다.

예부터 문선일여(文仙一如)라 하여 글을 쓰는 것은 도를 닦는 것과 같다고 하였습니다. 이미 발간한 두 편의 수필집을 보면 모두가 고향마을에 대한 향수가 듬뿍 풍기고 있습니다. 특히 돌아가신 어머님의 교훈, 제례혼례 등 고답적인 시골풍습의 탈피 등을 지적하고 있습니다. 이번 3집에서도 애향심이 담긴 '자랑스러운 내 고향', '어머님 영전에 무릎 꿇고', '재경향우회의 체육대회', '공자도 괴테도 회계사였다' 등 고향과 자기가 걸어온 길을 자랑스럽게 여기는 내용들입니다.

박사님의 67회 생일에 맞추어 세 번째 수필집 「촌놈으로 살다보니」의 발간을 축하하며, 이 책이 많은 사람들에게 읽혀져 박사님에게는 평생의 보물(寶物)로, 독자들에게는 희망의 씨앗이 되어주길 기대합니다. 박사님의 아호가 고향 쌍백(双柏)면의 백(柏) 자와 그가 탄생하고 자란 향묵(香墨)마을의 향(香) 자를 합쳐 만든 백향(柏香)입니다. 그의 아호처럼 항상 고향을 생각하고 지키는 측백나무 향기를 듬뿍 지닌 작가로서 앞날이 더욱 행복하시고 건필(健筆)하기를 기원합니다.

2021년 6월 9일

괴운(槐雲) 권해조 올림

추천사

손국복(합천문인협회 회장)

합천신문 박황규 사장으로부터 쌍백면 출신 정병수 재경 합천문인회 회원이 그 동안 합천신문에 투고한 작품들을 재정리하여 세 번째 개인 수필집을 발간하려고 하는데, 〈합천 문인협회 회장〉 자격으로 추천사를 써주면 어떻겠냐는 제의를 받고 나는 흔쾌히 승낙했다.

사실 나는 정병수 문인에 대한 개인적인 친분도 일면식도 없는 입장이다. 그러나 그간 여러 해 동안 합천신문을 통해 정병수 문인을 나름대로 잘 파악하고 있다고 강조하고 싶다. 기고된 수필도 좋지만, 언젠가 쌍백문인회를 발족시켰다는 기사를 보고 "놀랍다, 어떤 분일까?" 궁금하여 만나보고 싶기도 했다. 그 때부터 정병수 기고문에 대해서는 더 많은 관심과 호감을 가졌던 것도 사실이다.

합천신문에 기고한 정 동향인(同鄕人)의 작품 수만 보더라도 워낙 양이 많아 일일이 모두 읽어보지는 못했지만 어쩌다 읽으면 내공이 깊다는 생각을 했다. 책으로 엮기 전에 읽었던 글 중 지금도 기억나는 것은 아마 "자랑스런 내 고향, 쌍백"이란 제목이 아닌가 싶다. 그는 기고문에서 고향이 자랑스러운 이유로 첫째, 쌍백의 지명 유래가 우리나라 천연기념물 1호인 측백나무를 뜻하는 백(栢 또는 柏)자를 쓴 것이 예사롭지 않고, 둘째 3.1독립운동 선봉자들의 고향이며, 셋째는 충무공 이순신 제독의 합천지역 백의종군로(白衣從軍路) 중 중심지역이 바로 본인이 태어나 자란 쌍백면이라고 주장하는 과감성이었다. 이 작품에서 문학성과 동시에 고향을 사랑하는 마음이 깊이 녹아 있음을 발견할 수 있었다. 그 글을 읽으면서 저런 애향심 있는 자가 1명이라도 버티고 있는 고향 마을이나 면(面)은 '좋겠구나!'라고도 생각해봤다.

정병수 문인은 2015년도에 〈영원한 촌놈〉이란 수필집을 발간하더니, 2017년도에는 〈촌놈이 어때서〉란 두 번째 수필집을 발간하였다. 그 이후에도 공인회계사이자 경영학박사로서의 전문성과 대학 교수로서 분석적 접근으로 합천신문 독자들에게 강한 이미지를 심어준 수필가이다. 그러더니 이번에는 또 다시 〈촌놈으로 살다보니〉 라는 세 번째 수필집을 발간한다.

3집의 구성은 크게 6부로 되어 있다. 특이한 것은 정 문인은 기록에 남다르다는 것이다. 예를 들면 2부 〈어머님 영전에 무릎 꿇고〉의 내용은 지금으로부터 40년도 지난 1979년, 필자가 대학 3학년 때 이별하게 된 어머님께 올린 탈상 조사(弔辭)이다. 당시 그런 조사를 작성하는 젊은이가 있단 소리를 들어본 적이 없다. 조사를 영전에 바쳤다는 것 자체가 대단한 효도인데, 그 글을 지금까지 보관했다니 보통 사람에게는 찾아보기 드문일일 것이다. 만약 독자가 이 글 하나만 보더라도 읽을만한 충분한 가치가 있을 것이다.

또 한 가지 강조하고픈 것은 소재의 독창성이다. 3부의 〈오뚜기 공병대대의 사병들에게 고함〉 은 병사(兵士)의 부모 자격으로 한 충효(忠孝)강의이며, 〈솔로몬 왕은 정말 지혜로운가?〉 의 내용은 우리가 상식으로 알고 있는 입장과는 정 반대의 글이다. 또한 6부에서 우리가 그토록 우러러보는 공자(孔子)를 '회계사'로 보는 관점은 본인이 공인회계사가 아니면 착안하기 어려운 글이리라!

그러나 뭐니 뭐니 해도 정 문인의 수필에는 고향을 생각하는 맘이 듬뿍 담겨있다. 이 부분에 대하여 수필집 제목이자 1부의 〈촌놈으로 살다보니〉 본문에서는 애향심을 표출하고 있다.

정병수 문인의 수필집은 애향심이 있는 자라면 때로는 심각하게 울기도 하고. 때로는 웃으면서 읽는데도 부족함이 없다.더구나 교양서라고 할 정도로 생각할 많은 테마들이 있기에 감히 일독(一讀)을 추천하는데 주저하지 않는다.

2021년 6월 9일

손국복 올림

(시인/ 중등 교장/ 합천교육장/합천예총회장 역임

시집/ 그리운 우상/산에 묻혀/강에 누워 (현)한국문협 합천지부장)

1부

자랑스런 내고향

1.

자랑스러운 내 고향, 쌍백

어느 누구에게나 자랑스럽지 않은 고향이 있을까마는 경남 합천군 17개 읍면 중에서 내가 태어난 쌍백면(雙柏面)은 보석 같은 곳이다. 2019년 6월 합천문화원에서 출간한 「합천 지명사」에 따르면 쌍백면은 합천의 동남부에 위치해 있으며, 지형 모양이 우리 인체의 해독작용, 단백질합성, 쓸개즙을 생성하는 간(肝)처럼 생겼다고 한다. 간은 모든 내장 중에서 가장 크고 중요한 장기이지만, 몸속 깊숙한 곳에 있어 잘 보이지 않는다. 쌍백이 바로 그러한 곳이다. 내 고향이 자랑스러운게 많지만 몇가지만 열거해 본다.

첫째는 쌍백의 지명 유래와 측백나무의 관계이다. 쌍백면이 이 세상에 태어난 지 올해로 약 90년이 되었다. 1929년 4월 1일 지방 행정구역 변경에 따라 장전, 운곡, 백역(柏亦), 하신, 삼리, 죽전을 관할하는 백산면(栢山面)과 평구, 육리, 대곡, 평지 등을 관할하는 상백(上栢)면의 두 개의 백(柏)자가 합친 면이라 하여 쌍백면이 된 것이다. 백(柏 또는 栢)자가 2개라는 뜻의 한자 표현은 이백면(二柏面) 또는 양백면(兩柏面)도 가능했으나 쌍백의 쌍(雙, 双)자가 다른 음보다 힘이 있고 시대의 정서에 부합되었기 때문일 것이다.

여기에서 중요한 것은 백(柏, 栢)이라는 글자의 유래이다. 흔히 잣나무 또는 동백나무를 뜻하는 백으로 많이 알려져 있으나, 원산지인 중국에서의 백(栢)은 원래 측백나무를 뜻한다. 이 나무는 중국 주(周)나라 때부터 국가의 융성과 왕족의 안녕을 가져준다고 해서 귀하게 대접받은 나무였다. 특히 목화처럼 중국 밖으로 반출되는 것을 금지한 품목이어서 우리나라에선 흔치 않았다. 그래서 나무 실체는 보여줄 수 없지만 측백 나무를 설명하려니까 유사한 잣나무가 되다 보니 잣나무 백으로 부른 것이 아닌가 한다.

태산이 있는 중국 산동성의 공자(孔子) 고향인 곡부에는 공림(孔林)이라는 공자의 묘가 있는데, 그 경내 200만㎡(60만 평)에는 오로지 측백나무 한 종류로만 현재 약 10만 그루가 숲을 이루며 은은한 테르펜 향기를 내뿜으며 찾는 이를 반겨주고 있다. 또한 일반 먹물로 쓴 붓글씨는 100년 정도 유지되지만, 측백나무 잎을 넣어 간 먹물로 쓴 글씨는 600년을 변함없이 간다고 한다. 더구나 우리나라 천연기념물 1호가 대구 도동의 측백나무 군락지가 된 것은 우연이 아니다. 쌍백의 지명에 측백나무 백(柏, 栢) 자가 들어간 것은 학문을 숭상하고, 나라를 사랑하라는 기원이 깃든 것으로 보인다.

둘째는 3.1독립운동 선봉자들의 고향이다. 3.1독립운동을 얘기할 때 흔히 유관순 고향의 아우내(병천) 장터를 떠올린다. 아우내 독립운동은 4월 1일에 3천여 명이 모여 독립만세를 부르고 많은 사상자가 발생한 역사적 사건이다. 그 사건도 훌륭하지만 쌍백면(구체적으로는 당시 백산면의 이원영(李愿永), 당시 상백면의 공민호(孔敏鎬) 등)이 선봉대로 나서 일으킨 삼가독립운동에 비교할 바가 아니다.

먼저 3월 18일 5일장인 장날에 장터(삼가면)에 모인 주민들이 합세해 "대한독립 만세"를 소리 높여 불렀다. 물론 일본 경찰은 무자비한 폭력으로 장터에 모인 군중들을 강제로 해산시켰다. 이 1차 독립만세운동 후 다음 장날인 3월 23일에는 삼가면 백산면 상백면 가회면 대병면 봉산면 대양면 용주면 대의면 신등면 생비량면 등의 유림 및 유지 그리고 주민들이 대대적으로 모여 거사를 했다.

백산면 주민들은 백산면사무소(운곡리 소재)를 불 지르고, 가회 및 생비량면 등 인근 주민들은 농악을 울리며 삼가장터로 행진하여 집결했다. 주민들은 면장에게 만세 삼창을 하게하고, 전봇대를 넘어뜨려 통신을 마비시킨 후 만세운동을 했다. 삼가장터에 3만여 명이 집결한 것으로 지금까지 전해 내려오고 있다.

만세운동은 일제의 혹독한 강압정치에 분연히 항거하고 자주독립을 열망하는 주민들에게 사자후를 토하는 마지막 연설이 끝나자마자, 일본 경찰이 총격을 가했다. 이를 보고 분노한 주민들은 몽둥이와 낫 등 손에 잡히는 대로 농기구를 들고 주재소와 면사무소로 몰려가 "대한독립만세!"를 외치자, 헌병과 경찰들이 일제히 총격을 가했다.

피바다로 변한 참상의 처절함은 이루 말할 수 없었다. 순국자는 40여 명이나 되고, 옥고를 치른 분이 50여 명, 부상자가 150여 명이나 되는, 전국에서 가장 격렬한 시위였다. 유관순의 아우내 만세운동과 함께 독립운동사에 길이 남을 거사였다. 이는 유학자 남명 조식 선생의 학문과 쌍백 묵동 출신의 노백헌(老柏軒), (애산(艾山)이라고도 부름) 같은 이가 있었기 때문이다. 애산 선생은 1905년 을사조약이 체결되자 최익현 선생과 함께 영호남 유림들에게 의거할 것을 약속했지만, 외부 방해로 실천하지는 못했다. 이런 역사적이고, 자랑거리인 삼가 3.1독립만세운동의 실체가 아직 온전히 공인받지 못하고 있다는 것은 향우로서 무척 아쉬운 점이다.

셋째는 합천 백의종군로(白衣從軍路)의 중심이 바로 쌍백면이다. 민족의 성웅 이순신(李舜臣, 1545~1598)은 1592년(선조 25) 임진왜란이 일어나자 옥포, 사천포, 당포(오늘의 통영), 당항포(오늘의 고성), 한산도, 안골포(오늘의 진해), 부산포 등의 해전에서 연전연승을 거두고, 1593년(선조 26) 삼도수군통제사가 되었다.

세계 4대 해전은 그리스와 페르시아 사이의 해전인 살라미스 해전(기원전 480년), 스페인의 '무적함대'와 영국이 벌인 칼레 해전(1588년), 나폴레옹 전쟁 시대에 일어난 프랑스와 영국(넬슨 제독)간의 트라팔가 해전(1805년)과 한산도 대첩(1592년)이다. 그 중에서 한산도 대첩은 인류역사상 가장 위대한 해전이라고 한다. 충무공 이순신 장군(제독)이 연전연승을 하자, 호사다마인지 시기하는 사람이 생기게 된다. 급기야 1597년(선조 30) 조정에서는 일본이 흘린 거짓 정보에 속아, 이순신에게 가토 기요마사(加藤淸正)를 생포하라고 한다. 일본의 계략임을 눈치 챈 이순신이 이에 응하지 않자, 일부 모리배의 상소에 파직되고 투옥되는 어처구니 없는 사태가 발생했다.

일찍이 1,000여 년 전 중국의 송나라 소강절(邵康節) 선생은 도오선자 시오적 도오악자 시오사(道吾善者 是吾敵 道吾惡者 是吾師)라고 설파했다. 귀에 달콤한 이야기만 늘어놓는 자는 나의 도적이요, 지적을 하는 자는 스승인데도, 선조 임금은 어느 시대나 있는 정상배들의 말에 솔깃하여 그를 투옥시킨 것이다.

그 후 우의정 등의 도움으로 간신히 목숨을 구한 이순신은 전시 임시 사령관인 도원수 권율(權慄) 장군이 진을 치고 있던 합천(당시는 초계현)으로 백의종군하라는 벌을 받는다. 죄 없는 죄인의 심정이 어떠했을까? 4월 1일에 서울 종각에서 출발해 6월 4일에야 합천의 초계현 지역(현재는 율곡면 매실마을)에 도착한다. 640킬로미터나 되는 먼 길이다. 그 종착점 바로 직전에 쌍백면이 있다. 1597년 6월 2일자(음력) 난중일기에는 하동과 산청을 거쳐 합천군(당시는 삼가현)에 들어서면서 다음과 같이 기록하고 있다.

〈6. 2.〉 저녁 나절에 삼가에 이르다. 삼가현 5리 밖에 홰나무 정자가 있어 앉아 있는데 근처에 사는 노순일 형제가 와서 보다.

〈6. 3.〉 비가 내려서 길을 떠날 수 없어 그대로 묵다.

〈6. 4.〉 맑음. 합천 땅에 이르러 고을에서 10리쯤 떨어진 곳에서 아침밥을 먹다. 너무 더워서 한참 동안 말을 쉬게 하고, 5리쯤 가니 길이 쌍 갈래이다. 한 길은 합천으로 가는 길이요, 또 한길은 초계로 가는 길이다. 그래서 강을 건너지 않고 가다가 거의 10리쯤 가니, 원수 권율의 진이 바라보였다.

40여일을 지낸 뒤 권율 장군한테 보고되는 해전의 상황은 연전연패 소식 뿐이다. 할 수 없어 도원수가 백의종군 신세인 이순신에게 자문을 구하자, “내가 직접 연해안 지방으로 가서 보고 듣고 난 뒤에 이를

결정하는 것이 어떻겠습니까?"라고 건의하니, 원수가 기뻐했다고 한다. 음력 7월 18일이다. 이순신은 초계 도원수부를 떠나 쌍백, 삼가, 수곡, 정수역을 거쳐, 노량으로 가서 전황을 살펴보고 합천으로 돌아오다가 8월 3일 진주시 수곡면 민가에서 당시 영의정 이항복의 건의에 따라 다시 삼도수군통제사에 제수한다는 교지를 받는다. 이순신은 교지를 받자마자 즉시 임지로 떠났다.

그 후 9월 16일 명량해전에서 극적인 승리를 거두게 된다. 삼도수군통제사에 복귀된 뒤 한 달 보름도 안 된 때였다. 그러나 다음 해 11월 19일 새벽녘 적의 귀로를 차단하고 치른 노량해전에서 적탄에 맞아 죽으니 이 얼마나 슬픈 일인가? 오호 애재(哀哉)라! 오호 통재(痛哉)로다!

이렇듯 합천 쌍백은 성웅 이순신의 백의종군 왕복 코스다. 영국의 토인비는 역사를 모르는 민족에겐 미래가 없다고 주장한다. 내가 태어난 고향의 역사가 이렇게 훌륭함을 지금껏 모르고 살아왔으니 새삼 부끄러울 뿐이다. (합천신문, 2019. 10.) ♣

2.

촌놈으로 살다보니

사전적 의미의 '촌놈'이라 함은 행동이나 외모가 촌스러운 사람을 이르는 말이다. 나는 본래 시골 농촌에서 태어났고, 중학교 졸업 때까지 시골에서 자랐으니 촌사람이 분명하다. 그러나 촌에서 자랐다고 다 촌놈은 아니다. 시골에 고향을 둔 사람 중에 외모도 준수하고 행동도 반듯한 귀공자 타입의 사람도 많다. 최근 '미스터 트롯'에서 맹활약을 하고 있는 트롯 신동 정동원을 봐라. 나의 타고난 음치는 환갑이 되도록 변화가 없는데, 이제 중1인 어린 가수 정동원 군은 노래 감성과 실력이 예사롭지 않아 난생 처음으로 나는 그의 팬(fan)이 되기로 했다.

동원군의 고향은 하동군 진교면으로, 하동읍하고도 상당히 떨어진 시골이다. 인근에는 금오산(849m)이 있고 남쪽으로는 사천만이 바다로 접하고 있는 전형적인 농촌이자 시골인데, 동원군은 촌티라곤 찾아볼 수 없다. 촌사람임에는 틀림없으나 촌놈이라고 할 수는 없다. 어쩌면 서울의 또래보다 더 세련되었으면 세련되었지 촌놈 티는 찾아

볼 수 없는 것은 물론이고, 되레 귀공자 냄새가 물씬 풍겨난다.

지금으로부터 2500여 년 전 그리스의 철학자 소크라테스는 "너 자신을 알라."고 했다. 물론 이는 곧 자기 자신을 알라는 것이고 우리 자신의 무지(無知)를 인식하는 엄격한 잣대와 철학적 반성이 필요하다는 뜻이라 할 수 있다. 그런면에서 나는 나를 비교적 잘 파악하고 있는 편이다. 즉, 세련되지 못하고, 세상 물정에 어둡고, 유행에 민감하지 않고, 영악스러운 것과는 다소 거리가 있는 것 등이다. 그 반면에 성현들의 어록, 성실과 의리, 덕담 등을 지키려 노력하고 때로는 행동하고 싶어하는 학이사행(學而思行)의 체질이다.

인격의 바른 형성을 위해 옛부터 전해진 책 중에 명심보감(明心寶鑑)이 있다. 내용은 주로 권선징악으로 인간 본연의 양심을 계발함으로써 훌륭한 인격을 갖추는데 역점을 두고 있다. 명심보감 첫 문장이 "자 왈 위선자 천보지이복 위불선자 천보지이화(子 曰 爲善者 天報之以福 爲不善者 天報之以禍)"라고 되어 있다. "착한 일을 하는 사람에겐 하늘이 복을 주고 그렇지 않은 자에게는 화로써 보답한다"는 뜻이다.

중학교 졸업 때까지 시골에 있을 때였다. 새벽마다 아버님께서 명심보감을 운율을 넣어 읽던 소리가 지금도 귀에 선하다. 특히 아버님의 독서법인 성독(聲讀)은 듣기에 참 좋았다. 나도 간혹 그 때를 회상하며 흉내 내어 읽어 보지만 좀처럼 근처에 가기도 힘들다.

해방둥이 북한 출신들 중 남하한 이산가족들의 고향에 대한 그리움은 말로 표현하기 어려울 정도로 절절하다. 지켜보는 나에게도 그 마음이 전해져 가슴 저려 올 때가 많다. 해서 간혹 이원수 작시, 홍난파 작곡의 '고향의 봄'을 듣게 되면 나도 모르게 눈시울이 붉어진다. 운율도 좋지만, 고향을 그리워하는 마음이 얼마나 가사에 잘 배어있는 아름다운 노래인가?

나의 살던 고향은 꽃피는 산골, 복숭아꽃 살구꽃 아기 진달래
울긋불긋 꽃 대궐 차리인 동네, 그 속에서 놀던 때가 그립습니다.
꽃동네 새동네 나의 옛고향, 파란 들 남쪽에서 바람이 불면
냇가에 수양버들 춤추는 동네, 그 속에서 놀던 때가 그립습니다.

어느 해인가 추석을 며칠 앞둔 날이었다. 우연히 정부 고위직을 지내신 선배님을 만나 차 한잔할 기회가 있었다. 자연스레 고향이 화제가 되었다.

"정 박사의 고향이 남쪽이라는 것은 억양으로 보아 알겠는데, 구체적으로 어딘가요?"

"예, 경남 합천입니다."

"그래, 합천은 경북이 아니고 경남에 속하지! 좀 헷갈리는 지역이야. 합천에 해인사가 있고, 그 해인사에 가려면 대구를 거쳐 가는 경우가 대부분이어서 그런지 경북으로 기억하고 있는 사람이 많은 것 같더라. 어쨌든 고향이 있는 것은 좋은 일이야!"

"참, 선배님의 고향은 어디세요?"

"내 고향이라? 나에게 고향이 있나 없나 먼저 생각 좀 해 보자. 내가 태어난 곳은 서울 광화문 정부종합청사 근처야. 인왕산 가는 중간 지점인 적선동이지. 어릴 땐 인왕산으로 많이 놀러도 갔지. 그런데 그 적선동이 내 고향이란 생각이 들지 않는단 말이야. 분명 내가 태어나

고 어릴 때 자란 곳임에는 틀림없는 데 말이야. 나 외에도 서울 태생은 굳이 서울을 고향이라고 하진 않는 것 같아!"

그러고는 긴 한숨을 쉰다. 진정한 고향이 없음을 안타까워하는 눈치다. 어릴 때 자란 곳, 그러기에 추억이 있고, 추억이 있기에 가보고 싶은 곳이 고향이다. 고향은 영원한 자신의 정신적 뿌리이자 그리움의 상징으로 평생 잊을 수가 없다.

그런 면에서 나는 고향이 있기에 행복하다. 하지만 옛날에 비하여 교통이 좋아졌다고는 하지만, 그래도 승용차로 네다섯 시간은 가야만 하는 먼 곳에 있으므로 선뜻 나서기가 쉽지 않다. 이제는 부모님도 돌아가시고 어릴 때부터 알던 친인척도 하나 둘 떠나니 차츰 고향에 가는 횟수가 줄어들고 있다. 그러나 수구지심(首丘之心)은 어쩔 수 없는 것일까? 약주라도 한잔하면 향수에 젖어 '고향의 봄'이나 '유정천리'

등 고향과 연관되는 노래를 흥얼대기도 한다. 그러다가 수준 이하의 작사자가 되어 보기도 한다.

큰 바위

봄이면 버들강아지 기지개 펴고
여름이면 파리 모기와 숨바꼭질
가을이면 황금 들판을 노래하니
모진 겨울 바람에도 꿈은 자라네.

태어나고 자란 내 고향 내 산천
지친 몸과 마음 포근히 감싸주니,
언제나 미소 짓는 큰 바위가 되어,
세월의 씨줄과 날줄을 엮으리라

박자 따로 음정 따로의 노래지만 향수에 젖어들면 옛 추억이 안개처럼 피어 오른다. 봄이면 진달래, 여름이면 물놀이, 가을이면 오곡백과 그리고 겨울이면 매서웠던 찬바람의 추억들 …. 뿌리 깊은 나무가 바람에 흔들리지 않듯이, 그리운 고향이 있는 자는 험한 세파에도 큰 바위처럼 흔들리지 않을 것이다. 어제까지 촌놈으로 살았듯이 오늘도 또 내일도 촌놈으로 살아가련다. (2021. 1.)♣

3.

백의종군길이라 부르자.

고향을 떠나 서울에 산지도 50여 년이 되었다. 그렇지만, 어릴 때 자란 고향의 억양을 아직도 버리지 못하고 있다. 최근 어떤 모임에서 초면인 분인데 나의 억양을 듣고 묻는다.

"고향이 어디시죠?"

"합천입니다."

"아! 해인사로 유명한 합천이군요. 참, 합천은 경북에 속하지요?"

"아닙니다. 가야산이 경북의 고령이나 성주와 접해있기는 하지만 경남입니다."

"아, 그래요? 제가 실례했습니다."

내가 만난 사람의 상당수는 우리 고향을 경북으로 아는 사람이 의외로 많다. 또 며칠 전 합천향우회 모임에서 덕곡면 출신의 반가운 지인을 만났다. 이런저런 대화중에 내 고향은 "쌍백면"이라고 하자, 쌍백면을 잘 모르겠다는 표정이다. 우리 면(面)에 유명한 것이 있거나 공통의 얘깃거리라도 있으면 좋으련만 아쉽게도 그렇지 못해 이내 다른 화제로 넘어가 섭섭한 적이 있었다.

그러다가 고향에 내려갈 일이 있었다. 중학생일 때 통학하며 다녔던 비포장도로가 최근 말쑥한 새 국도로 바뀌어져 있었다. 꼬불꼬불했던 도로는 곧게 펴지고 좁은 도로는 왕복 4차선으로 시원하게 바뀐 것이다. 오가는 시간도 대폭 단축되었다. 이제 기존의 신작로는 거의 사용하지 않고, 간간이 마을 농부가 경운기를 몰거나 가을 고추 등 곡식을 말리는 장소 정도로 이용되고 있을 뿐이다. 문득 '추억의 저 옛길을 어떻게 활용할 방법이 없을까?'라는 뜬금없는 생각을 해 본다.

내가 시골에 있을 때 우리 면에는 중학교가 없고 인근 삼가면에 있었다. 왕복 12킬로 정도의 비포장도로를 1학년 때는 온전히 걸어 다녔다. 2학년이 되자 아버지께서 중고 자전거를 사 줘서 그나마 편안하게 다녔다. 중고라서 그런지 타이어가 바람이 빠질 때가 종종 있어, 그런 경우에는 차라리 자전거가 없는편이 좋을 정도로 짐이 되는 경우가 많았다. 비포장도로를 고물 자전거로 자주 달리다보면 펑크가 나기 쉽다. 그럴 때면 정말 난감하게 된다.

그래도 봄과 가을은 그런대로 걸을만 했다. 그런데 여름은 뜨거운 태양과 지열로 온 몸이 땀으로 끈적끈적해지고, 버스라도 지나가면 흙먼지를 온통 뒤집어쓰기가 일쑤였다. 행여 버스가 지나갈라치면 도로 곁 밖으로 멀리 피했다가 다시 신작로로 나와 걷던 기억이 생각난다.

지금 내가 걷던 그 길로 타임머신을 타고 400여 년 전으로 거슬러 올라가 본다. 1592년의 조선이라는 나라는 이웃 나라가 전쟁 준비를 하는 것도 모르고 성리학에 빠져 당쟁을 일삼았다. 일본 전국을 통일한 도요토미 히데요시(豐臣秀吉)는 통일로 막강해진 군사력을 외부로 돌린다. 즉, 조총을 가지고 부산 동래로 쳐들어왔다. 곧 임진왜란이다. 육지에서의 전쟁은 싸움이라고도 할 수 없을 정도로 연전연패하고, 백성들은 아비규환이다. 이럴 때일수록 임금은 목숨을 걸고 백성을 독려해야 하는데도 선조는 백성을 팽개치고 의주로 피난을 갔다. 화가 치민 백성들은 믿었던 도끼에 발등을 찍히고, 권력의 상징인 경복궁은 화가 난 우리 백성들에 의해 불에 탄다.

그나마 불행 중 다행은 바다에서의 해전(海戰)이다. 우리 민족 반만년 역사에서 위대한 인물인 이순신 제독이 버티고 있었기 때문이다. 다가오는 왜선을 거북선으로 격파하고 덤벼드는 왜군을 수장시키니, 왜군은 겁을 먹고 도망가기 바빴다. 오늘날까지도 세계 해전 역사에 유례가 없는 23전 23승의 신화를 만든 분이다. 조선은 그 분에게 박수를 치고 승진을 시켜도 부족한데, '배고픈 것은 참아도, 배 아픈 것은 못 참는다.'라는 말처럼 중상모략이 난무했다. 급기야 의심이 많고 어리석은 선조는 판단력을 잃고 이순신 제독에게 죄를 묻는다.

왜군을 물리칠 작전을 고민하기에도 시간이 없는 이순신 제독은 그만 삼도수군통제사직에서 박탈당한 뒤 1597년 3월 한양의 의금부에 투옥되어 사형선고를 받는다. 그래도 목숨을 건 충신의 건의로 관직은 박탈당하되, 흰 옷을 입은 채 생활해야 한다는 백의종군으로 겨우 목숨만 건져 당시 전시 총사령관인 권율 도원수 장군의 진영이 있는 오늘날의 합천군 율곡면 매실로 내려온다.

한양(서울) 종각에서 출발하여 충남 아산, 전남 구례, 경남 하동과 산청, 그리고 합천군의 남부인 내 고향을 거쳐 합천의 동부지역인 매실까지 장장 640km에 달하는 백의 종군길을 걷는다. 그 중 합천지역만 37km이고, 내 고향의 면만 하더라도 10km는 되는 것 같다. 때는 무더운 여름이었다. 그 길은 내가 중학교때 통학하며 걷던 옛길이기도 하다.

합천 지역은 충무공 이순신 제독 백의종군 기간 중 가장 오래 머물렀던 곳이다. 합천은 권율 장군의 도원수 진이 있었던 곳으로, 충무공이 6월 2일 저녁 무렵 삼가현청에 도착해 7월 18일 도원수 진에서 원균의 패전소식을 듣는 사이 권율의 명으로 해전 전황을 살피러 합천군을 떠나 삼가를 거쳐 산청으로 갈 때까지 머물렀던 곳이다.

세계 역사의 흐름을 바꾼 주요 해전을 '세계 4대 해전'이라 하는데, 시대 순으로 열거하면 BC 480년 살라미스 해전, 1588년 칼레 해전, 1592년 한산도 해전 그리고 1805년 트라팔가 해전을 꼽는다. 그 중에서 하나만을 선택한다면 '학익진 전법'으로 유명한 한산도 대첩이라는데 이의가 없는 것 같고, 그 주인공이 바로 이순신 제독이다. 오죽하면 1904년 러일전쟁에서 발틱 함대를 대파하여 영웅이 된 일본의 도고 헤이하치로(東鄕平八郞)는 자신의 전공을 칭찬해 주는 자리에서 이렇게 말했을까?

"이순신 제독은 죄수의 몸이 되어서도 애국심을 버리지 않은 진정한 군인이었습니다. 모함을 받아 일개 사병자격으로 전장에 나갔고, 다시 제독에 임명되었을 때는 겨우 13척의 배로 133척의 대함대를 격파했습니다. 그리고 승리한 전쟁터에서 장렬하게 최후를 맞았습니다. 진실로 말하건대 동서고금을 통틀어 이순신에 견줄만한 제독은 없다고 생각합니다. 그러니 나와 이순신 제독을 비교한다는 건 이순신 제독에 대한 모독입니다.”

이제라도 우리 고향의 옛 신작로를 백의종군한 그 분의 넋을 기리고 후배들에게 영원히 기억하게하기 위하여 ‘백의종군로’ 라고 부르자. 우리나라 각 지방자치단체는 자치제가 되면서부터 없는 얘기도 스토리텔링을 만들어 고향을 알리고, 마케팅과도 연계하는데, 민족의 영웅 이순신 제독이 눈물로 걸어간 그 ‘백의종군로’를 모르고 있거나, 그 역사적 의의를 모른다면 우리는 역사적으로나 우리 민족에게 두고두고 죄를 짓는 것이 될 것이다.

그리고 역사를 모르는 것 보다는 아는 것이 좋고, 그보다는 체험으로 실천해보는 것은 더 좋다. 그런 측면에서 학생뿐만 아니라 어른들도 백의정군로 걷기 대회를 주기마다 체계적으로 하자. 합천과 인근면인 삼가, 쌍백, 대양, 율곡이 연대하면 좋고, 합천군 차원에서 하면 더 좋지 않을까? 내 고향을 쉽게 설명하기 위해서도 이 일은 꼭 추진되어야 할 필요가 있다. (합천신문 2017.11)♣

4.

제3의 고향, 용인 전원 아파트

몇 년 전 이사할 때 하도 힘이 들어 다시는 이사하지 않겠다고 다짐도 했건만, 나에게 이사하는 악연이라도 숨어 있는지 2018년이 되자마자 아내는 용인 수지로 이사를 해야 한다고 하는것이 아닌가? 이번 이사는 여러모로 힘들었다. 이사하는 날 이삿짐센터와 의사소통이 잘못되어 짐 꾸리기를 늦게 하는 바람에 새로 입주하는 아파트엔 자정이 넘어서야 겨우 짐을 부릴 수 있었다. 자정이 넘도록 고가 사다리차에서 발생되는 소음으로 인해 다음 날 인근 주민들로부터 받을 원성을 생각하니 걱정이 이만저만이 아니었다.

이사한 날부터 승강기에서 기존 입주자를 만나면 나는 인사부터 했다.

"안녕하세요? 902호에 새로 이사 온 사람입니다."

"아, 그러세요? 반갑습니다."

"어젯밤, 늦게까지 고가 사다리차 소음으로 많이 힘들었지요? 죄송합니다."

"원, 별말씀을요. 제가 이사할 때도 계획대로 되지 않더라고요. 이삿짐 정리하려면 고생 좀 하겠습니다. 자 그럼 먼저 내립니다. 수고하세요.",

"고맙습니다. 또 뵙겠습니다."

이사 온 지 두 달이 지났다. 아직까지 민원이 접수됐다는 얘기는 없다. 다행이다. 또 소음을 참아 준 우리 동(棟)의 입주자 분들께 고마울 뿐이다. 새로 이사 온 지역은 도로가 반듯하지 않다. 처음부터 도시계획 지역이 아니었다가, 기존 도로를 따라 건설회사가 건축을 한 탓인지 대부분 도로가 곡선인데다 오르락내리락 비탈진 길이 많다.

"여보, 우리가 혹시 너무 급하게 판단해 이사를 잘못 온 것 아니야?"

"왜?"

"도로도 반듯하지 못하고, 지하철역까지는 5분 걸린다고 했는데 아직 역이 어디 있는지도 모르잖아?"

"아, 참! 지하철역이 어디지? 그건 그렇고 5분이라고 한 것은 걸어서가 아니고, 자동차로 5분 걸린다는 뜻이야."

"그건 무슨 소리야? 자동차로 5분이라니? 난 걸어서 5분인 줄 알았는데……. 허 참! 서울에 볼 일 보러 갔다 오려면 시간이 꽤나 걸리겠다!"

"왜 큰일 난다고 그래? 좀 걸으면 운동도 되고 좋지 뭐!"

맞는 말이다. 드디어 목요일 아침, 나는 서울 강남에 있는 문학 강좌 수업에 참석하기 위해 신분당선 지하철을 탔다. 그런데 내리는 과정에서 지리에 익숙하지 못한 탓인지 헤매다 그만 지각하고 말았다. 그 날 오후 옛집에 가 우편물도 챙기고 친구도 만나다 보니 어느새 저녁 6시가 되었다. 바람도 거세고, 간간이 눈발도 내려 스산하였다. 나는 용인 수지로 이사한 사실을 깜빡 잊고 옛 아파트로 가는 노선버스를 기다리다 타기 직전에야 '아차!'하고 잘못 되었음을 알고 혼자 웃었다. 부랴부랴 신분당선 플래트홈으로 내려가니 다른 지하철 역처럼 많은 사람들이 줄을 서 기다리고 있었다. 사뿐하게 다가오는 전동차 모습과는 달리, 전차 안의 좌석은 물론이고 입석 승객으로 꽉 차있다. 그런데 다시 일단의 무리가 승차하니 객차 안은 발 디딜 틈이 없다. 그런 복잡한 객차 안인데도 불구하고 좌석에 앉은 사람은 물론이고 선 사람들도 거의 예외 없이 핸드폰을 만지작거린다.

20여분 지났을 때 겨우 빈 좌석이 하나 둘 보이더니만 내가 내릴 상현역에 다다르니 앉은 승객보다 빈자리가 더 많다. 객차에서 내려 개찰구 앞의 넓은 홀로 나오니 전면이 광장처럼 시원하고 대낮같이 밝다. 50미터나 될 듯한 에스컬레이터를 타고 밖으로 나오니 빌딩 숲이 시야를 가로막는다. 빌딩 사이로 불어오는 찬바람에 얼굴이 시리다. 직진 30여 미터를 더 가면 왕복 6차선 도로에 횡단보도가 있다. 횡단보도를 건너는 사람이 많지 않다.

횡단보도를 건너면 상현중학교가 나타나고 그 앞쪽으로 개울(川)이 흐른다. 겨울인데도 얼었던 물이 녹아서인지, 물이 제법 많이 흐른다. 개울이라야 폭이 5~10미터 정도인데, 개울 양쪽에는 폭 1미터 정도의 산책길이 잘 포장되어 있다. 훤히 비추는 가로등 때문에 밤길을 혼자 걸어도 무섭지 않다. 지금은 겨울 중에서도 한겨울이라 걷는 사람이 거의 없지만 따뜻한 봄이 되면 아름다운 꽃길로 변할 것 임이 틀림없다. 산책길 주위에는 아파트나 상가도 거의 없고, 개울과 또 개울과 나란히 서있는 초등학교, 중학교 및 고등학교 건물의 상층부만 보인다. 그리고 저 멀리 보이는 아파트에서 흘러나오는 불빛이 한데 어우러져, 마치 어릴 때 동화 속으로 나를 인도하는 듯하다.

개울의 바닥에는 갈대가 빛이 바랜 채 꼿꼿이 서 있고, 갈대숲 속으로는 최근 내린 눈 때문인지 물소리가 졸졸 노래한다. 군데군데 얼음이 얼어 있어 옛날 고향에서 썰매 타던 생각이 난다. 개울 양쪽으론 버들강아지를 비롯한 갖가지 나무들이 봄을 기다리고 있다. 봄에는 뱀 출현이 많은지, 군데군데 뱀을 조심하라는 표지판이 붙어 있다. 채 1킬로미터가 안 되는 도심 속의 아름다운 시골 길을 걷다 보면 또 다른 쪽 개울에서 흐르는 물이 합쳐지는 두물머리가 나타난다.

아쉬운 것은 그 두물머리 지점에 조그마한 보(洑)라도 설치하면 물이 고여 물고기가 모이는 그 위에 놓인 목조 다리와 어울려 운치 있는 한 폭의 그림이 될 수 있을텐데….

그 나무다리를 건너면 '정암수목공원' 산자락이 나타난다. 정암은 중종 때 신진 개혁정치가인 조광조의 호이다. 그 산자락을 걸을 때 넘어지지 말라고 깐 야자 매트를 사뿐사뿐 밟는 느낌도 좋고 간간이 들리는 새소리도 좋다. 5분쯤 등산하듯 가면 이사온 아파트가 나타난다. 전철역을 나설 때 희끗희끗 날리던 눈발이 어느새 함박눈으로 바뀌어 내 눈썹 위로 내려 쌓인다.

다음 날 아침, 유리창이 훤하여 창문을 열다가 나도 몰래 감탄사를 질렀다. 9층에서 내려다보는 전경은 밤새 내린 눈이 아파트 앞 야트막한 공원을 한 폭의 아름다운 수채화로 만들어 놓은 것이다. 신선이 살 법한 선경처럼 보였다. 나도 모르게 내 발걸음은 '정암 수목공원'

을 향한다. 정상에서 공원을 내려와 낯선 길로 접어들자 예상하지 못한 호수가 나타난다. '신대 호수'다. 사실 그동안 전원주택에 살아보겠다고 여러 곳을 반년 남짓 알아보다 실제로 살고 생활하는 것이 쉽지 않음을 깨닫고 포기한 것이 얼마 전이었다. 그 포기의 보상으로 이곳 반촌반도(半村半都)의 아파트를 선물 받은 것인가? 결과적으로 나는 전원주택 대신 전원아파트를 선물받은 셈이다.

이번 겨울은 유난히 눈도 자주 내리고, 날씨도 추웠다. 겨울이 춥기에 따뜻한 봄의 소중함을 더 깊게 느끼게 할 모양이다. 나는 오늘도 지하철에서 내려 집으로 올 때 마을버스 대신 사람이 뜸한 조용한 산책길을 따라 걷는다. 어쩐지 이 길이 좋아질 것 같다. 그 이유는 어릴 때의 고향 길을 걷던 길과 비슷해 공감이 가기도 하지만, 개울과 숲을 통하여 따뜻한 봄이 빨리 왔으면 하는 나의 염원을 확인하고 싶기 때문인지도 모른다. 내가 태어나고 자란 시골이 원 고향이라면, 50년 이상을 산 서울 강남이 제2의 고향이고, 서울에서 떨어진 이 곳 용인 전원아파트가 나에겐 제3의 고향인 셈이다.

"뽀드득 뽀드득" 눈을 밟으며 생각에 잠긴다. 봄이면 버들강아지 꺾어 피리불고, 진달래 꽃잎을 많이 따 먹어 입술이 새까맣게 된 것도 모르고 놀던 그때가 그리워진다. 나도 모르게 어릴 때 불렀던 "고향의 봄"이 흥얼거려진다.

나의 살던 고향은 꽃피는 산골 복숭아꽃 살구꽃 아기 진달래
울긋불긋 꽃 대궐 차린 동네 그 속에서 놀던 때가 그립습니다.

꽃동네 새 동네 나의 옛 고향 파란들 남쪽에서 바람이 불면

냇가에 수양버들 춤추는 동네 그 속에서 놀던 때가 그립습니다.

(합천신문, 2018. 3.) ♣

5.

50년 전의 내 고향 같은, 케냐 사바나

2013년 8월, 드디어 꿈에 그리던 케냐의 사바나(savanna)에 도착했다. 멀리 지평선이 보일 듯 말듯 드넓은 초원 위에 우산 아카시아 등 관목이 군데군데 서있다. 사바나는 한 폭의 그림이 되어 눈앞에 펼쳐진다. 사바나는 춘하추동 4계절이 아닌 우기(雨期)와 건기(乾期)의 양 계절로 구분한다. 우기가 되면 무성하게 자란 풀이 초식 동물들을 유혹한다. 이웃 나라의 초식동물들도 대이동을 하여 이곳으로 몰려든다. 그러면 초식 동물들을 먹이로 하는 맹수들도 따라 찾아든다. 평원 내의 물길을 따라 숲도 적당히 우거져 있어 동물들이 살아가는데 최적의 낙원이 되고 있다.

내가 찾은 사바나는 나이지리아에서 차량으로 5시간이나 소요되는 적도(赤道) 근처였다. 신기한 것은 낮에는 햇살이 따갑지만, 아침 저녁으론 마치 우리나라의 가을마냥 선선하다. 적도인데 이렇게 기온이 사람이 살기에 적당한 이유가 궁금하다. 알고 보니 평원의 평균 해발이 1700미터의 높이에 있기 때문이란다. 이런 환경의 사바나는 수

많은 동물들이 어느 누구에게도 소유되지 않은 채 평화롭게 살수 있도록 서식처가 제공되어 동물들의 낙원이 되고 있다.

먼저 초식 동물을 보자. 귀여운 톰슨가젤, 날씬한 임팔로, 섹시한 얼룩말, 영리한 원숭이, 검은 물감으로 초원을 물들이는 누(gnu) 떼, 이 지구상에 가장 키가 크고 신사인 기린, 앞발을 구부린 채 닥치는 대로 먹어대는 멧돼지 그리고 이름 모를 온갖 초식동물들이 한가로이 초원에서 풀을 뜯는다. 이곳 동물들은 풀을 배불리 먹었다 하면 쉬고, 또 쉬다가 심심하면 풀을 먹는다. 해가 지면 자고, 날이 밝으면 다시 누구의 제재도 없이 또 초원을 누빈다. 이처럼 사바나에는 초식동물들의 천국이다. 그러나 천국에도 흠이 있게 마련이다. 그것은 뭐니 뭐니 해도 사나운 맹수를 빼놓을 수 없다. 특히 맹수 중에서도 코끼리, 버팔로, 표범, 코뿔소와 사자가 핵심이다. 이 다섯 종(種)은 사냥하기도 쉽지 않아, 빅파이브(Big 5)라고 부른단다. 이 속에는 호랑이가 없다. 그 이유는 아프리카에서는 사자가 살지만, 아시아에는 사자가 없는 대신 호랑이만 산다는 것이다. 백수의 왕이 둘이 될수 없기 때문이다.

드디어 우리 관광객 일행은 사파리(Safari)를 체험하기 위해 덮개를 열었다 닫았다 할 수 있는 밴에 올랐다. 기사는 경험 많은 키쿠유족이라며 엄지를 세운다. 밴이 사바나로 들어서자마자 뚜벅뚜벅 걸어가는 한 무리의 거대한 코끼리 떼가 눈앞을 가린다. 그 옆에는 사나운 버팔로 무리도 보인다. 버팔로는 구경꾼들의 접근에 민감한지 우리 일행을 노려본다. 여차하면 달려와 한바탕 박을 공격 태세다. 기사는 버팔로에게 더 이상 스트레스를 주면 곤란하다고 판단하여 차머리를 돌린다. 그리고 속도를 높여 평원을 달린다. 마치 내가 영화 속의 주인공이 된 느낌이다.

사바나에서 호연지기의 자유를 맛본지 1시간 정도 됐을까? 드디어 나무 그늘에서 쉬고 있는 사자 무리를 발견했다. 사자는 주로 새벽이나 저녁에 먹이 사냥을 한단다. 그래서 그런지 한낮에 먼 이국 코리아에서 찾아온 불청객에겐 관심이 없다.

"백수의 왕, 사자야. 우리는 너의 참 모습을 보기위해 적지 않은 돈과 시간을 들여 여기까지 왔다. 우리 체면을 봐서라도 먹이를 사냥하는 모습을 보여줄 수 없겠니?"

우리의 염원에도 불구하고 사자는 여전히 구경꾼들에게는 관심이 없다는 듯 졸기만 한다. 먹이 사냥을 하는 모습을 보고자 꽤나 긴 시간을 기다렸건만, 기어이 허사로 끝나고 말았다. 차량 기사는 사자 한 쌍이 위풍당당하게 걷는 모습을 볼 수 있었으니, 그것만으로도 큰 행운으로 알아야 한다며 애써 우리를 위로한다.

사자 구경 다음으로 빅 파이브의 하나인 표범을 찾아 나섰다. 표범은 평소 나무 위에서 쉬다가 먹잇감을 발견하면 날쌔게 나무에서 내려와 사냥한단다. 그런데 도대체 어디에 숨어 있는지, 아니면 저 멀리 아스라이 보이는 킬리만자로 산으로 가버렸는지 도통 우리에게는 나타나지를 않는다. 아마 표범의 개체수가 적은 탓도 현실적인 이유인 모양이다. 기사는 미안해하며 더 이상 찾기를 포기한다. 그런데 꿩 대신 닭이라 했던가? 동물 중에서 가장 빨리 달린다는 치타를 눈앞에서 볼 수 있었다. 보너스를 탄 기분이다. 표범과 치타는 겉모습은 비슷하지만 실제로 다르다는 것을 알 수 있는 좋은 기회였다.

코뿔소 또한 이틀간이나 바람을 맞으며 사바나를 헤맸지만 찾을 수가 없다. 아마 인간의 냄새가 싫어서 다른 곳에서 살고 있는지 모르겠다. 대신 사바나의 청소부라는 하이에나의 너저분한 모습과 나무 위에서 먹잇감을 찾아 두리번거리는 민머리독수리 떼를 보는 것으로 아쉬움을 달래본다.

사바나에서 강(江)이라고 부르는 곳은 많다. 우리에겐 내(川)라고 하는 것이 더 어울릴 듯한데, 사바나의 숙소에서 멀리 떨어지지 않은 강에 하마(河馬)가 득실거린다. 하마의 피부는 햇볕에 약하기 때문에 낮에는 물속에 있다가, 해가 지면 풀밭으로 올라오는 야행성 동물인 모양이다. 초식동물인 까닭에 밤새 육지에서 풀을 뜯어 먹다가 해가 뜰 시각이되면 다시 물속으로 들어간다. 이런 하마는 생각보다 거칠어서 종종 사람을 해치기도 하는 무서운 동물이다.

이번 여행에서 동물들은 나름대로 독특한 질서를 유지하고 있다는 사실을 알게 되었다. 예를 들면 사자의 먹이 사냥은 암컷이 책임을 진다는 사실도 놀랍지만, 무리가 함께 이동할 때 가장 앞장서는 리더는 반드시 암컷이라는 사실이다. 또 사자는 사냥을 위한 사냥을 하지 않으며, 배가 고프지 않으면 3~4일 정도는 먹지 않고 쉰다는 것이다. 그래서 배가 부른 상태에서는 먹잇감이 눈앞에 어슬렁거려도 그냥 내버려 둔다는 것이다. 그래서 "호랑이에게 물려가도 정신만 차리면 산다."는 우리나라 속담이 "터무니없는 것만은 아니구나!" 하는 생각이 들었다. 나그네가 산길을 가다가 호랑이랑 마주치게 되었는데, 그 호랑이가 다행히 배가 부른 상태라서 아무런 사태가 발생하지 않았을게다. 그러나 그 반대 상황이라면 그 나그네의 목숨은 살아나지 못했을 것이다.

드디어 사바나 관광을 마치고 다른 목적지로 향할 때, 나는 고향에서 뛰놀던 어린 시절이 마치 어제의 일처럼 생생하게 되살아났다. 내가 둘러본 케냐의 현재 모습이 어릴 적 내가 뛰놀던 고향 환경과 너무나 흡사했기 때문이다. 사바나가 펼쳐지는 마사이마라 국립공원에 들어오기 위해서는 무롯(Murot)이란 곳에서 50km 정도의 비포장도로를 달려야 했는데, 도로가 좋지 못하여 노련한 기사조차 엔진을 몇 번이나 꺼뜨린다.

손잡이를 꽉 잡고 있지만 차가 덜커덩거려 머리는 연신 차 지붕을 치고 엉덩이는 좌석에 붙었다 떨어졌다 반복하여 엉덩방아를 찧었다. 기사는 이것이 '공짜 마사이 안마'라며 농담을 하지만 마음이 편치 않다. 뽀얀 흙먼지가 날리는 차창 사이로 흙집으로 된 마사이족 집들이 보인다. 그 용감하다고 하는 마사이족은 언제나 지팡이를 가지고 다닌다. 어린 마사이가 양떼며 소떼를 몰고 가면서도 차가 지나가면 어김없이 손을 흔든다. 그 순간 불현듯 50년 전 고향에서 소를 몰고 야산을 누비던 일이 주마등처럼 떠올랐다. 중학교 시절 비포장도로로 등하교 할 때 차가 달리면 손을 흔들었던 내 모습과 너무나 흡사했기 때문이다.

3박 4일 동안 사바나를 함께한 기사는 피부가 유난히 새까만 키쿠유족이었지만 참 쾌활했다. 그 사이 정이 들었는지 헤어지기가 아쉬웠다. 그래서일까? 나는 어쩌면 기사가 궁금해 하지도 않을 말을 하고 있는 것이 아닌가?

"50여 년 전에는 코리아(Korea)도 무척이나 못살았던 나라였는데, 이제는 세계 10위권 경제대국이 되었어. 나도 이 사바나 같은 시골에서 태어나 어린 시절을 보냈노라고….”

케냐도 언젠가는 잘 살게 되겠지…. 나의 조국 한국에 무한한 감사와 사랑을 느끼며, 잠보!(Jambo, ‘안녕’이라는 케냐 마사이족 인사말)라고 소리 지르며 왔던길을 되돌아간다. (2013. 8., 케냐에서) ♣

나무 밑에서 쉬고 있는 사자 가족

사바나에서 3박4일간 가이드 겸 기사로 수고한 키쿠유족과 함께

6.

사투리에도 문화가 있다.

사람은 언어를 통해 소통한다. 새나 동물들도 자기들 끼리 알아듣고 소통하는 언어가 있기에 적(敵)이 나타나면 무리 전체가 동시에 일사분란하게 피하는 것을 볼 수 있다. 우리 인간도 마찬가지다, 대개 나라 별로 고유 언어를 사용하여 소통한다, 그러나 나라의 면적이 크거나, 오랫동안 다른 나라로 살다가 인위적으로 한 나라로 결합된 경우에는 공용어(公用語)를 하나로 정한다. 스위스의 인구는 약 900만 명인데 약 60%가 독일어, 20%가 프랑스어, 10%가 이탈리아어를 사용하고, 2%가 사용하는 로만슈어도 공용어가 되어, 1국가 4개 공용어 체제이다.

인구 약 14억 명인 인도의 행정구역은 28개 주와 8개의 연방 직할시로 구성되어 있다. 언어는 크게 인도아랴어족, 드라비다어족, 티벳-버마어족 그리고 호주-아시아어족 등 4가지로 나뉜다. 이 중 73%의 인구가 인도아랴어족 언어를 사용하나, 실제 사용되는 언어는 2,000여 개로 추정되며, 헌법에서 인정하는 공용어만 하더라도 22개나 된다. 특이한 것은 영국이 인도 무굴제국을 멸망시킨 후 약 90년 동안 지배한 탓인지, 현재 인구의 3분의 1이 영어를 사용하고, 의회, 행정부 및 사법부에서도 영어를 사용한다.

중국은 면적이 넓고 인구가 많다보니 사투리가 심하다. 크게 북방(北方)방언, 오(吴)방언, 상(湘)방언, 감(赣)방언, 객가(客家)방언, 월(粤)방언, 민(闽)방언의 7종이다. 이 중 중국인 70% 이상이 사용하는 언어는 북방 방언인 보통화(普通話)이다. 중요한 것은 중국인의 시각으론 언어 속에 문화가 담겨있다고 보는 점이다.

2019년 가을에 고향의 친구와 예산 수덕사에 갔다가 천안으로 나오는 길이었다. 갑자기 자동차 핸들이 빡빡해 차에서 내려 살펴봤더니 타이어 펑크였다. 부랴부랴 보험회사에 도움을 청했더니. 곧 서비스맨이 도착한다.

"안녕하세요? 00보험, 윤00입니다. 어디에 이상이 있나요?"

이 말에 성질 급한 고향 친구가 "이 쪽 발통이요!"라고 큰 소리로 말했다. '발통'이란 말은 40여 년 만에 들어보는 말이다. 우습기도 하고 당황스럽기도 했다. 서비스맨은 무슨 뜻인지 모르겠다는 눈빛이다. 내가 "타이어라는 뜻입니다."라고 하니, "아, 그러세요?"라고 한다.

"발통이라는 말, 처음 들어봅니다. 재미있네요. 악센트로 미루어 경상도 출신이신 분 같은데, 이 곳 수덕사는 처음인가요?"

"아마 친구는 처음일지도 모르겠는데, 저야 몇 번 왔지요. 수덕사 뒷산인 숭덕산 등산도 두 번이나 했지요."

"어쨌든 안전 운전하시고요. 즐거운 여행되시기 바랍니다."라며 마무리 인사까지 한다.

나는 카톡을 사용하긴 하지만 이용을 잘 하는 편은 아니다. 2020년이 저물어 가는 어느 날 초등학교 동창 단톡에 아래 글을 해석해 보라며 문자가 올라왔다. 대화 내용은 할머니가 밭일 나가면서 할아버지에게 보낸 쪽지 글인데, 어릴 때 동네 어른들로부터 많이 듣던 말들이다.

"뱅갭이 저가배요. 당신도 요새 애빗던데 배끼로 냉주 내 고랑떼 미기지 말고.... 정지 가모 오봉에 밥뽀제기 더퍼둔대 보모 대지비에 정구지찌짐이 이슬끼요. 쪼매 데파가 종바리에 잇는 지렁에 찌거 무그소. 냉주 바테 올쩌게 쭉띠기들 태우구로 다황 쫌 가오고 갱빈 여불떼기 쫌 디지거로 고바 있는 훌찌이하고 수군포, 까꾸래이, 깨이, 울타리 치그로 새끼다이도 모나 다 가지고 오소. 이우제 개내이 디빌라 개기는 단디 치아두고, 얍새이는 큰 돌로 공가가 매매 무까두소. 삽짝도 단디 지두카노코 싸게 오이소. 일 마치고 도랑까서 몸 씩꾸로 사분하고 내 가라이블 꼬장주도 쫌 가오소. 남들 누네 안띠그로 비니루에 너어가 물한빙이 하고 다라이에 다마가 단디 더퍼 오소."

이상의 사투리를 표준 말로 전환하면 다음과 같이 될 것이다.

"병갑이 아버지, 당신도 요사이 여위었던데 괜히 나중에 나한테 골탕 먹이지 말고...부엌에 가면 쟁반에 밥보자기 덮어둔 곳을 보면 대접에 부추전이 있을 거예요. 좀 데워서 종지에 있는 간장에 찍어 먹으세요. 나중에 밭에 올 때 쭉정이들 태우게 성냥 좀 가져오고 강변 옆 좀 뒤집게 고방(광)에 있는 쟁기하고 삽, 갈고랑이, (곡)괭이, 울타리 치게 새끼줄 받침 모두 다 가지고 오세요. 이웃의 고양이가 뒤질라 고기는 단단히 (잘) 치워두고 염소는 큰 돌멩이로 받쳐서 꽉꽉 묶어두세요. 사립문도 단단히 눌러놓고 빨리 오세요. 일 마치고 개울가에서 몸 씻게 비누하고 내가 갈아입을 고쟁이도 좀 가져오세요. 남들 눈에 안 띄게 비닐에 넣어서 물 한 병하고 큰 대야에 담아서 잘(단단히) 덮어 오세요."

사투리로 인한 오해도 더러 생긴다. 70년대 서울로 고등학교를 진학하니 '청소'라는 일반적인 표현도 사용하지만, 더 많이 사용한 용어는 '훔치다'였다. 방을 훔치라고 하면 방을 청소하라는 뜻인데, 방에 있는 무언가를 훔치라는 것으로 들려 어색했다. 경상도 사투리엔 모르고 들으면 오해를 살만한 어투가 제법 있다. 예를 들어 서울에 처음 온 커플이 먹고 있던 핫도그의 케찹이 지하철 문에 묻자, 여자는 난감해진다. 이 때 남자가 "대충 손으로 문때뿌라!"라고 했다. 이 말을 듣고 있던 서울 출신 승객은 놀라 "아니, 케찹 좀 묻었다고 지하철 문을 부수면 어떻게 합니까?"라고 했다는 코미디이다. 여기서 '문때뿌다'는 문질러 지우다란 뜻이다.

이 외에도 사투리가 표준어와는 달라 의사소통에 장애를 줄 때가 많다. 아가 와이리 애볐노?(애가, 왜 이리 말랐니?) 이건 좀 파이네(이건 좀 안 좋네), 좀 단디 해 봐라!(좀 신중하고 단단히 해 봐라!) 걸거치다(걸리적거리다), 머라 카노?(뭐라고 하니?), 와이카노!(왜 이러는데!), 우야꼬!(당황스러울 때 내는 감탄사)

지방에 고향을 둔 나는 서울에 산지가 50여 년이나 되었건만, 지금도 의사(醫師)를 "어사" 또는 "이사"라고 발음하는 편이다. 어릴 때부터 복모음을 들어 보지 않았던 데다 상대적으로 언어 감각이 둔하고 후천적 노력도 부족한 탓인지 잘 교정되지 않는다. 예를 들면 '학교'를 '학조' 또는 '학고'로 발음하는가 하면, '외무부'를 '애무부'로 발음하는 경우가 많다.

시골 고향에는 아직 옛 우리말이 살아 있다. 그것도 한자 표현이 아니라 순수 우리말이라 정감이 더 간다. 예를 들면, 새터(신기), 통새미(통정), 음달담(음지마을), 양지담(양지마을), 한실(대곡), 안담(안 마을), 바깥담(바깥마을), 대밭(죽전), 귀바위(이암), 진밭골(장전, 긴밭골) 등은 아름다운 마을 이름들이다. 또한 '길'을 '질'로, '기름'을 '지름'으로 발음하는 것도 여전하다. 또한 '부추'란 표준말은 사투리가 많기로 유명한데, 우리 고향에서는 '정구지' '졸' '새우리(제주도 방언)'도 아닌 '소풀'이라고 한다.

이제 교통이 편리하여 전국이 일일 생활권으로 변한데다 표준말을 사용하는 텔레비전 등이 전국 곳곳에 보급되어 사투리는 점차 사라지고 있다. 사투리는 그 시대 그 지역의 문화인데, 문화가 없어진다고 생각하니 마음도 허전해진다. 이것은 비단 나만이 느끼는 것은 아닐 것이다. (2021. 3.) ♣

7.

미리 써 보는 내 비문

2020년 어느 봄날이었다. 나는 존경하는 회장으로부터 곧 조성될 '한국죽음교육협회'라는 비영리법인의 감사(監事)직을 맡을 용의가 있느냐는 제의를 받고 이를 수락하였다. 왜냐하면 그 동안 나는 직무상으로 꽤 오랫동안 대학병원의 장례식장을 운영한 경험도 있었고, 또한 일본 미국 유럽 등 세계 각국의 유명 묘지를 견학한 경험도 있어 죽음은 자연스레 나의 관심사항이었기 때문이다.

그러나 나는 장례 전문가도 아니고, 임종을 지켜본 경험도 많지 않다. 부모님 두 분, 작은 형님, 장인 장모님의 임종이 전부이다. 그리고 살아오는 동안 몇 번의 전신마취를 통해, 전신마취 상태가 죽음의 관계와 어떠하며, 유교, 불교 및 기독교 등 종교 간의 내세관도 왜 차이가 발생하는지 궁금증이 더해가던 차였다. 이 궁금증을 단순히 나이 먹은 탓으로 돌릴 수도 있으나, 꼭 그것만은 아닌 것 같다는 생각이다. 평소 죽음에 대한 체계적인 교육의 필요성을 느꼈다.

그러던 차에 이 분야에 권위 있는 교육기관인 「각당복지법인(覺堂

福祉法人)」이 '죽음 준비교육 지도자 과정'을 개설한다기에, 앞에 거론한 협회의 감사(監事) 직에도 도움이 될 것 같고, 죽음에 대한 상식도 넓힐 기회로 삼기 위하여 '망설이지' 않고 수강신청을 했다. 한창 코로나 바이러스가 온 세상을 뒤죽박죽 난장판을 만들고 있어 부득이 녹화 영상강의로 공부를 할 수 밖에 없었다. 대면 강의를 듣지 못한 것이 못내 아쉬움으로 남는다.

그런데 이번 '죽음준비교육 지도자 과정'을 수강하면서 기본 강좌의 수강 외에 독서 감상문 1편을 별도로 제출해야 한다는 옵션이 있었다. 이 옵션을 계기로 '비전공 분야의 책 1권 쯤은 강제적으로라도 읽게 되어 다행이다.'라고 생각하며, 추천 도서를 훑어봤다. 임준철 선생이 쓴 '내 무덤으로 가는 이 길'이란 책이 시선을 끈다. 죽음은 우리가 일생동안 반드시 겪어야 할 통과의례의 하나이고, 슬픔 없는 이별이 없기에, 책 내용은 내 눈물샘을 자극하기에 충분할 것이라고 막연히 상상했다. 더구나 문학이나 역사와 같은 교양서적을 접하는 것 자체가 나에게 만만치 않던 때라 내심 좋은 기회라고 생각하고 반갑게 받아들였다.

그러나 며칠 후 집으로 배송된 책을 보고 실망이 컸다. 기대와는 달리 한시(漢詩) 60여 편이 수록된 것이 내용의 전부였기 때문이다. 기대와는 거리가 멀어 '서문만 읽어 봐야지.'하고 펼치니, 조선시대 여러 문인들의 '자만시(自挽詩)'를 모아 우리말로 번역하고 평론한 것이었다. 흔히들 목숨을 스스로 끊기 전에 비장한 각오로 쓴 시를 절명시(絶命詩)라고 하는데, 자만시란 처음 듣는 문학 장르였다.

책 서문에 자만시를 정의하기를 '시인이 자신의 죽음을 가정하고 스스로를 애도하며 쓴 만시(挽詩)'를 뜻한다고 풀이하고 있다. 따라서 자만시는 삶과 죽음의 경계에서 자의식을 드러내는 작품으로, 보편적인 문학 주제 중의 하나가 '죽음'이라는 것이다. 나는 책 속의 60여 수 중, 본명이 김병연(金炳淵)이고 별명이 김삿갓인 〈아생(我生), 나의 삶〉이라는 꽤나 긴 시 하나만이라도 알면 다행이라고 생각하여 그 시를 읽고 또 읽어 보았다.

지금까지 전해오는 김삿갓의 시는 60여 편에 달한다고 한다. 경기도 양주에서 태어난 그는 천재 시인이다. 1811년 홍경래(洪景來)의 난(亂)이 났을 때 선천부사(宣川府使)로 있던 조부 김익순이 홍경래에게 항복하는 바람에 훗날 죄인이 되어 집안이 망했다. 다행히도 그 후에 집안이 사면을 받아, 손자 김삿갓은 과거에 응시할 수 있었다. 그런데 과거 시험 문제가 하필이면 홍경래에게 항복한 죄인을 비판하라는 것이었고, 그 죄인이 친할아버지라는 사실을 모른 채 글을 짓고는 과거에 급제하였다. 벼슬로 승승장구하던 어느 날 그 죄인이 곧 조부임을 알게 된다. 그런데 조부를 비판한 불효의 마음을 괴로워하다가 벼슬을 버리고 방랑생활을 시작하였다. 그 때 나이 20살이었다. 김삿갓이 노인이 되자 아들이 귀가를 권유했으나 자식 보기도 죄스러웠던지 유랑생활을 계속하다 전라도 화순에서 한 많은 생을 객사로 마감한다. 그 후 유해는 태백산 기슭에, 시비는 강원도 영월과 공주 무등산에 세워져 있다.

이처럼 20세에 가출하여 한 평생 30여 년을 떠돌이로 살았기에 가족에게는 미안했고, 사회에 대해서는 비판적이었다. 김삿갓의 풍자시는 누구도 따라가기 힘든 천재성을 보인다. 김삿갓은 그의 삶을 한 마디로 '몽사로(夢事老)'라고 불러 주기를 원했다. 시의 핵심이라고 볼 수 있는 9절에서 16절의 내용을 다른 분들의 번역을 참고하되 내 나름대로 다시 보완해 보았다.

況未盡忠孝(황미진충효) : 충도 효도 다하지 못했는데
此外何求討(차외하구토) : 다른 것을 구하여 무얼 하리!
生爲一罪人(생위일죄인) : 살아서는 죄인으로 지냈는데
死作窮鬼了(사작궁귀료) : 죽어서는 궁한 귀신이로구나!

更復騰虛名(갱부등허명) : 헛된 명예심이 또 발동하지만
反顧增憂悶(반고증우민) : 회고하니 근심과 번민뿐이었소.
百歲標余壙(백세표여광) : 백세 때 내 무덤의 표지석에
當書夢死老(당서몽사로) : '꿈꾸다 간 늙은이'로 써 주게나!

이 한시를 읽노라니, 방랑시인 김삿갓도 죽음 앞에서는 진지하고 엄숙해짐을 엿볼 수 있다. 그러나 자신의 생각을 솔직하게 드러내는 시구에 감탄하지 않을 수 없다. 김삿갓이 아니고 어느 누가 감히 자기 스스로를 '몽사로(夢事老)'라고 할 수 있단 말인가? 한 시대를 풍미한, 아니 앞으로도 많이 회자될 그 분의 발자취에 대한 이런저런 생각에 잠겨본다. 문득 고 최희준의 대표 가요인 '하숙생'이 떠올랐다. 이는 1964년 라디오 연속극의 타이틀곡이었다. 작사는 김석야 선생이 지었고 가사는 그가 동학사에 우연히 갔다가 외진 쓰레기장 한 모퉁이에서 바구니가 되기 위해 머리 자르는 장면을 보고 영감을 받아 쓴 것이라 한다. 비록 유행가 가사로 안착되었지만 우리 인생의 삶에 대하여 이토록 쉽고도 또렷하게 표현하고 있는 것이 어디 흔한 일인가?

〈'인생은 나그네 길, 어디서 왔다가 어디로 가는가? 구름이 흘러가듯 떠돌다 가는 길에 정일랑 두지말자, 미련일랑 두지말자. 인생은 나그네 길 구름이 흘러가듯 정처 없이 흘러서 간다. 인생은 벌거숭이 빈손으로 왔다가 빈손으로 가는가? 강물이 흘러가듯 여울져 가는 길에, 정일랑 두지말자, 미련일랑 두지말자. 인생은 벌거숭이, 강물이 흘러가듯 소리 없이 흘러서 간다.'〉

그렇다. 지금도 나는 내가 어디서 왔다가 어디로 가는지 확신이 없다. 천국이니, 극락이니 또는 저승이니 하는 것도 막연히 전해 내려오는 학습의 효과 그 이상도 그 이하도 아닌것 같다. 물리적으로 보면 빈손으로 왔다가 빈손으로 가는 것은 확실하다. 그러나 정신적으로 보면 '선(善)을 행하고 사랑을 베풀어야' 인간이 하등동물과 구별되는 것 중의 하나일 것이다. 그런 측면에서 보면 김삿갓처럼 유랑생활도 좋지만, 보람된 무언가를 찾아 열심히 살아야 사람이라 하지 않을까 싶다.

그렇다면 나의 삶, 나의 생(生)은 그동안 어땠을까? 나름대로 열심히 살아온 것 같기도 하고, 후회스럽기도 한 것 같다. 그래서 내 묘비엔 확실하게 이렇게 쓰여지면 좋겠다고 하는 것이 없다. 아니 나의 묘지에 어떤 글을 새기고, 또 나의 삶을 어떻게 기록할 것인가는 어쩌면 내 아들이나 내 손자의 몫이요 제3자의 평가가 될런지도 모른다. 다만 지금 당장 내 의견을 강요한다면 아래와 같이 써 주면 족하겠다.

"보람된 삶을 살기위해 성실히 노력한 자"
"A man who has made sincere efforts for a rewarding life."
"爲有價値的生活 而誠實努力的人"이라고.

너무 과한 욕심일까? 그렇다면 마음을 다잡아 오늘부터라도 내 삶을 성실히 대하자. 피터 드럭커(Peter Drucker)는 "사람은 목표대로 움직인다."고 했다는데, 나도 내 묘비에 써 주기를 바라는 대로 실천하는 '노력부터' 해야겠다.

메멘토 모리!(Memento mori, 죽음을 기억하라!)를 되뇌이며….
(각당복지재단과 사랑과 죽음, 2021. 1~2.) ♣

2부

축구 한 팀의 형제자매

1. 어머님 영전에 무릎 꿇고

2. 대를 이은 회계학박사

3. 축구 한 팀의 형제 자매

4. 출가외인의 족쇄

5. 큰 누님 생각

6. 용주누나, 늦게나마 미안해요

7. '하부지' 소리를 처음 듣던 날

1.

어머님 영전에 무릎 꿇고

그리운 어머님!

요즘 날씨가 쌀쌀합니다. 오늘은 어머님의 탈상일(脫喪日) 입니다. 작년 가을 머나먼 세상으로 떠나신지 어언 5개월이 흘렀습니다. 장례식 이후 빈소(殯所)나 산소도 찾아뵙지 못하여 송구합니다. 천리 먼 길 서울에서 공부하다보니 불효를 하게 됐습니다. 용서를 구합니다. 서울 큰형님과 형수, 작은 형님과 형수 그리고 동생 병원이는 큰 변고 없이 모두 잘 지내고 있으며, 저 역시 어머님의 명예에 누가 되지 않도록 학업을 게을리하지 않고 있습니다.

불효 삼남 병수가 오늘은 어머님 영전에 무릎 꿇고 눈물을 닦고 있습니다. 어머님 생전에 아무 도움을 드리지 못한 죄스러움과 이제 다시는 영원히 뵐 수 없다는 서러움이 밀려오기 때문입니다.

'어머님!' 아무리 불러 봐도 아무 대답이 없네요. 오늘따라 살아계실 때의 어머님 모습이 한없이 그립습니다. 서울에서 내려와 제가 대문에 들어서기라도 하면, "누고? 병수, 아이가?" 하며 방문이 부서져라

버선발로 뛰어나오며 이 못난 자식의 손목을 잡고 반가워 어쩔 줄 몰라 하며 웃으시던 어머님이셨습니다. 제 손을 잡고 연신 어깨를 두드리는 어머님의 손은 비록 일에 찌들어 거칠고 투박했지만 언제나 사랑과 포근함으로 따스한 온기가 전해졌지요.

"어머이 보러 오느라고 고생했제? 배 많이 고프제?"

나는 아니라고 해도, 황급히 정지(부엌)에 들어가 차려온 식사라곤 보리밥에 김치와 된장국이 다였지요. 비록 보리밥이었지만 그 어떤 진수성찬도 어머님이 차려주신 식사에 비교할 수 있을까요? 그런데 이제는 그 환한 미소도 그 인자한 모습도 볼 수 없게 되었고, 그 맛있는 식사도 더 이상 기대할 수 없으니 한 없이 슬프네요.

불러도 대답 없는 어머님!

저희들을 두고 이렇게 빨리 가실 줄은 몰랐습니다. 생자필멸(生者必滅)이라곤 하지만 회갑연을 채 반년도 안 남긴 상태에서 정녕 타계해야 했습니까? 하느님도 무심하고 부처님도 원망스럽습니다. 가지 많은 나무 바람 잘 날 없다고 11남매의 어머니이자 11대 종부로 밤낮으로 식구들 뒤치다꺼리 하시느라 온갖 고생을 자처하신 어머님의 그 묵묵하고 우직한 지혜를 어떻게 다 표현할 수 있겠습니까?

적지 않은 식구에 머슴까지 있는 자급자족의 정통 농가에서 하루 세끼 식사를 챙기는 것만으로도 벅찬 일인데, 낮엔 논일과 밭일에, 저녁이면 빨래며 다리미질 길쌈 등에 여념이 없는데다, 적어도 1달에 1번 이상 다가오는 조상들 제사상 준비에 이루 말할 수 없는 고생만 하시고 떠나신 것을 생각하면 너무나 비통하고 안타까워 이렇게 목 놓아 웁니다.

어머님! 못난 자식이지만 집안에서 처음으로 대학을 진학한 저를 보고 얼마나 기뻐하며 자랑스러워 하셨습니까? 그래서 제 대학 졸업식에는 무슨 일이 있더라도 꼭 참석하시겠다고 하셨던 그 말씀을 저는 생생히 기억하고 있는데, 그 졸업식이 일 년도 남지 않았는데 그만 다시는 돌아올 수 없는 곳으로 가시다니, 정녕 슬프고 안타까워 눈물이 마르지 않습니다. 그 어느 자식에게 어머님이 훌륭하지 않으리요마는, 우리 어머님은 한글도 모르면서 자식 얼굴이라도 보겠다는 일념으로 초행길인데도 혼자 서울로 부산으로 대전으로 찾아 오셨지요. 게다가 심한 차멀미까지 하면서도 자식의 일이라면 천리를 멀다 않고 다니시던 용감한 어머님이시었습니다. 그러기에 이 자식은 어머님의 위대하고 따뜻한 사랑에 힘입어 더욱 열심히 공부에 매진하여 떳떳이 살아가겠습니다.

일평생 동안 지아비를 무서우리만치 순종했으면서도 남 흉볼 줄 모르고, 궂은 일에는 늘 앞장서 감당하시었습니다. 더구나 아버님이 어머님을 정신적으로 힘들게 할 때도 소리 없이 잘 참아 내셨습니다. 속으로는 수심과 고통을 가졌으면서도 결코 겉으로 드러내 보이시지 않았던 어머님이셨습니다. 또한 그 어떤 훌륭한 선생님도 해 주지 않았던 어머니의 교훈을 잊어버릴 수가 없습니다.

“병수야! 서울 생활이 힘들제?”

“아니요. 농사짓는 것에 비하면 공부는 아무 것도 아닌데요.”

“그래? 편안하게 생각해라. 너 말 안 해도 마음 고생하는 것 내 다 안다. 사람의 욕심은 끝이 없다. 그러니 항상 위로 보고 생각하되, 아래로 보고 생활해라."

현명하신 어머님!

어머님의 그 말씀을 평생 기억하며 살겠습니다. 그러나 이제 한쪽엔 빨간 카네이션, 다른 한쪽 가슴엔 하얀 카네이션을 달아야 함을 생각하니 자꾸만 자꾸만 목이 메입니다.

어머님! 어머님께 용서받을 일이 있습니다. 서울 수도통합병원에서 담당의사가 간디스토마라고 진찰결과를 알려주었을 때 저는 얼마나 안심이 되었는지 모릅니다. 그까짓 병이면 쉽게 나을 수 있으리라 믿었기 때문입니다. 그러나 그것이 사형선고일 줄이야! 그러나 차마 그렇다고 말씀을 드리지 못하고 거짓말을 해야만 했던 일이며, 그 후에도 의사의 만류에도 불구하고 혹시나 하는 마음으로 한의원을 다니시면서 그렇게 잡수시고 싶어 하는 수박을 의사가 해롭다고 하여 사드리지 못한 일 등등. 차라리 이럴 줄 알았으면 그때 사드릴 것을 말입니다! 그러나 이제 모든 것이 수포요 후회뿐입니다. 얼마나 병마에 고통스러웠으면 그렇게 소중히 여기시던 긴 머리카락을 잘라 단발머리로 한것도 이제는 조금 이해될 듯합니다.

"반중 조홍 감이 고와도 보이나다. 유자 아니라도 품음직도 하다마는 품어가 반길 이 없을 새 글로 설워하노라."라는 시조가 오늘따라 이리도 저의 가슴을 아프게 합니다. 억만 년을 운들 몸부림친들 어머님이 다시 돌아오실 리 없겠기에 못난 이 자식이 미워지고 이렇게 어머님의 영전에 무릎꿇고 북받치는 슬픔을 참고 있습니다.

사랑하는 어머님!

어머님께서 보여주신 헌신적인 밀알 정신을 이어받아 어머님께 욕

되지 않는 삼남이 될 것을 약속드립니다. 분명 어머님께선 극락에 가 계실 것으로 믿습니다. 육신이 잠든 묘소에는 봄이면 꽃이 피고 또 언젠가는 아버님과 저희 형제자매들이 어머님과 함께 웃음 꽃을 피울 때가 있겠지요? 부디 저승에서나마 이승에서 못한 장수(長壽)를 삼가 기원하며, 무딘 삼남의 넋두리를 여기에서 마칩니다.

1979년 2월, 삼남 병수 올림.

(본 원고는 42년 전인 1979년 필자가 대학 3학년 때, 어머님 탈상 시에 올린 조사입니다. 이번에 부분적으로 가필했음을 밝힙니다.) (합천신문,2021.3) ♣

2.

대를 이은 회계학 박사

유사 이래 한 번도 경험하지 못한 '코로나19' 라는 괴물이 2019년부터 지구의 온 나라 온 구석을 죽음의 공포로 내몰고 있다. 선진국과 후진국의 차이도 없다. 요즘은 국가 불문하고 외국에 나갔다가 귀국하면 14일 동안 격리되어 있다가 이상이 없음을 당국이 확인해야만 외출이 가능하다. 도대체 이 바이러스는 인류를 어디로 끌고 가고 있는가? 언론은 벌써 세계 도처에서 약 1,000만 명 이상이 '코로나19'에 감염되었다고 연일 보도하고 있다. 소름끼치는 세상이다. 불안과 공포로 인류를 겁박하고 있다.

마치 중세의 유럽 인구가 30%가량 감소되도록 죽음으로 치닫게 하고, 삶의 뿌리로 알고 살았던 신앙에 회의적인 반응을 일게 한 '흑사병(pest)'이 변이되어 나타난 것이라고 주장할 정도로 심각하다. 갑갑한 마스크를 벗어 던져버리고 본래의 얼굴을 편안하게 볼 날이 언제 올 수 있을지 근심이 깊어만 간다.

이런 와중에 미국에 유학 중인 둘째 아들로부터 반가운 소식을 들었다. 2020년 6월 9일, 드디어 회계학 박사가 된다는 것이다. 그 날은 우연하게도 내 생일이기도 해 기분이 한층 업된다.

"축하한다! 코로나 사태가 아니면 엄마와 같이 우리가 미국으로 가 축하해주고 싶은데, 그렇게 할 수 없는 상황이라 섭섭하네. 그 동안 고생 많았다."

"아니에요. 남들도 하는 건데요 뭐."

"뭐니 뭐니 해도 네가 아버지와 같은 전공인 회계학으로 학위를 받게 된다는 사실이 기분 좋네. 사회에서 대를 이어 학문을 같이한다는 게 쉬운 일은 아니거든……."

둘째 아들 한용이는 서울대학과 병역을 필하고, 미국 시카고 근처의 일리노이 대학으로 건너가 경제학 석사와 회계학 석사를 마치고 동부 필라델피아에 있는 드렉셀대학교(Drexel University)의 박사과정 장학생으로 5년의 고생 끝에 회계학 박사학위를 받았다. 이제 우리 집안에 부자(父子) 회계학박사가 탄생 된 것이다.

"아버지, 이 곳 미국은 코로나를 초기에 잘못 대응하여 지금은 위험수준이에요, 한국에 나가고 싶어요."

"뭐라고? 한국에 오고 싶다고?"

잠시 귀국하게 되면 경제적 부담도 무시할 수 없지만, 14일간이나 외부에 나가지 못하고 집 안에만 있어야 하기에 그 자체가 스트레스라 마음 속으로 안 오기를 바랐다. 그런데도 아들은 고국에 대한 향수 때문인지 부모에 대한 인사를 하고 싶은지는 몰라도 위험을 감수하고 들어왔다. 우리 부부는 자가 격리 공간을 위해 거처하던 집을 잠시 애들에게 넘기고, 각각 2주간 디아스포라가 되어 흩어졌다. 나는 직장 근처 원룸으로, 아내는 친구 집 등으로 전전했다.

우리나라 땅에 있으면서도 같이 만나지 못하고 전화로 안부를 물어야 하는 기상천외한 상황이 발생한 것이다. 한 학기 내내 학생들 얼굴도 보지 못한 채 동영상으로 강의를 하고 학점을 줘야 하는 것이 어색하듯이 이 또한 어색하다. 이런 생활은 처음이라 머리가 멍해진다. 하물며 격리되어 지내는 당사자들은 하루하루가 얼마나 지겹고 답답하였을까?

다행히도 격리된 아들 내외와 손녀 등 3명이 모두 음성으로 판명되었다. 확인서를 받고 아파트 밖을 나가는 아들의 얼굴엔 안도감과 '자유'의 고귀함을 새삼 느끼는 듯이 보였다. 원치 않은 체험이기는 하지만, 격리기간에 느낀 많은 생각들은 아들이 살아가는 동안 두고두고 귀한 자산으로 남을 것이다.

아들은 격리기간을 뺀 남은 짧은 기간을 의미있게 보내기 위하여 치밀하게 계획하고, 실행한다. 그 계획에는 아버지 고향인 시골에 온 가족이 방문하는 것도 포함되어 있다. 1년 중 해가 가장 길다는 하지(夏至)가 지난 며칠 후, 우리 부부와 아들 내외와 세 살박이 손녀 등 5명이 고향인 합천으로 향했다. 새벽 6시가 채 되지 않은 이른 시간이었다. 조금이라도 덜 더운 시간에 가기 위해서 아직 잠에 취해있는 손녀를 며느리가 안은 채 승용차 2대에 분산해 탑승했다. 모든 채비를 마치고 출발하려는데 며느리가 잠이 덜 깬 손녀의 코피를 닦고 있는 게 포착되었다.

"왜, 자는데 코피가 나지?"

"미국에서도 애가 종종 코피를 흘린 적이 있어요. 15분 정도면 멈출 거예요. 걱정 안 해도 됩니다."

"그래? 떠나도 될까?"

"그럼요……."

출발한지 1시간여 만에 안성휴게소에 도착하여 아침 식사를 하기로 했다. 무얼 먹을까 망설이고 있는데, 아들이 초조한 얼굴로 SOS를 구한다.

"아버지, 서원(손녀의 이름)이의 코피가 계속 멈추지 않네요. 목구멍으로부터 피가 솟구쳐요. 얼굴도 창백하고요."

순간 이 건 보통 문제가 아니다 싶었다.

"그래? 그러면 빨리 차를 돌려 큰 병원으로 가보자."

모두가 당황하기 시작한다. 계획이 뒤죽박죽이 된다.

"서울로 가야 되나?" 걱정스런 할머니의 소리다.

"시간이 없다. 가까운 수원에 가면 아주대학 병원이 있어! 그리로 가자고….."

이럴 때 우왕좌왕하다가는 큰 화를 입을 수 있다. 네비게이션을 따라 병원 응급실에 도착하니, '코로나19' 때문인지 병원 입구부터 전쟁터를 방불케 한다. 검사실 내부로는 환자와 보호자 한 명만 들어갈 수 있단다. 1시간이 지나고, 2시간이 흘러도 소식이 없다. 3시간이 지나갈 무렵에 며느리는 눈가에 고인 눈물을 훔치며 초췌한 얼굴로 나타났다.

"목에서 나온 피는 코피가 넘쳐흘러 들어간 것이 한꺼번에 쏟아져 나온 것이래요. 크게 걱정할 것은 아니래요. 어머님!"

"그만하면 다행이다. 며늘아, 서원아! 고생했다. 시골로 가는 일은 일단 취소하고 빨리 집으로 가 쉬도록 하자."

둘째 아들은 학위 수여를 계기로 2020년 8월부터 미국 뉴욕 근처인 서던 코네티컷주립대학교(Southern Connecticut State University)의 교수로 학생들을 가르치게 되었다. 며느리는 미(美) 시민권자로 성격이 좋은데다, 여건이 어려운 가운데도 불구하고 박사 과정을 순조롭게 수행하고 있다. 며느리는 아내이자, 애 어머니 그리고 박사과정 학생이라는 1인 3역을 힘든 가운데도 무리 없이 해내고 있어 보기 안쓰럽기도 하고 자랑스럽기도 하다. 같은 대학 대학원에서 경영을 전공하는 동급생으로 내년이면 부부 박사가 탄생될 것 같다. 출산하느라고 1년정도 늦게 학위를 받는데, 너무나 감사한 마음이다.

손녀 서원이는 이제 세돌 반 정도가 되는데, 이번에 한국에 들어와서는 우리 말도 유창하게 해 듬직하게 잘 자라고 있는 것 같다.

나도 모르게 'God bless our family!'라고 기원하는데, 나이 탓인지 기쁨 탓인지 눈가에 눈물이 맺힌다. (합천신문,2020.7) ♣

3.

축구 한 팀의 형제자매

내가 공인회계사에 합격했다는 소식은 조간신문 기사를 통해 알았다. 때는 1979년 12월이다. 대학 졸업식을 1달도 채 남기지 않던 때였다. 대학 재학시절 경제적 여건이 안좋아 받은 조건부 장학금 때문에 한국전력에 근무하고 있던 중이었다. 출근하여 기쁜 마음을 꾹 참고 내색하지 않으려 노력했건만 어느 누가 신문기사를 봤던지 내 옆자리의 직원을 통하여 확인이 계속 들어온다. 끝까지 아니라고 할 수 없어 '맞습니다.'라고 했더니, 금세 입에서 입으로 소문이 퍼져 나간다.

당시 나의 직장 지점장도 직접 내 자리로 내려와 "내가 자네를 잘 알지는 못하지만, 보통내기는 아닌 것 같아 유심히 관찰하고 있던 중인데 공인회계사라는 어려운 시험에 합격을 했다니 진심으로 축하하네."라며 기뻐하신다. 당시 공인회계사 합격자의 수가 적어서인지 여러 회계법인으로부터 합류하기를 바란다는 전화를 귀찮을 정도로 받았다. 상황이 이렇게 되고 보니 자초지종을 본사 인사계장에게 알리고 향후 진로를 상의드릴 수밖에 없었다.

"정군! 일단 축하하네! 우리 기관으로서는 계속 근무해 주면 좋겠지만, 무엇보다도 본인의 장래를 위한 길이 무엇인지를 잘 생각하여 판단하세."

며칠간의 고민 끝에 평소 약간의 안면이 있는, 지금까지도 존경하는 선배 김태향 회계사의 권유로 그 해 3월부터 함께 일하기로 결정했다. 때는 사회가 민주화를 거세게 요구하던 어수선한 80년대 봄이었다. 나보다 먼저 입사하기는 했지만 아직 회계감사 실무를 체험하지 못한 신참 회계사 몇 명과 함께 사내 직무교육(OJT)을 받았다. 회계감사는 팀을 구성하여 일하는 것이 일반적이므로 일하는 방식을 통일하고 상호 교감도 있어야 일의 효과를 얻을 수 있기에 이 교육은 꼭 필요했다. 구체적인 내용은 롤 플레잉(role playing) 등 실무와, 담당 파트너(임원)와 개인 면담을 마치면 교육은 종결된다. 2주간의 벅찬 교육을 마치고 드디어 면담 시간이 왔다. 파트너는 언제 체크했던지 교육에 임했던 나의 태도를 높게 평가해 조금은 당황스러웠다. 면담의 대부분은 앞으로 감사에 임하는 자세와 선배로서의 격려 그리고 덕담이 대부분이었다.

"열심히 하겠습니다. 지도 편달을 부탁드립니다."

"정 선생은 적극적이고 긍정적 마인드여서 일을 잘 할 거요! 그래 같이 힘을 합하여 좋은 회계법인도 만들고, 훌륭한 전문가가 되도록 노력해 봅시다."

"예, 열심히 노력하겠습니다. 그럼 나가 보겠습니다."

일어나 문을 열고 나가려 하는데, 예상치 못한 질문이 귓전을 때린다.

"참! 정 회계사는 형제자매가 몇 명이나 되지요?"

지금 세대는 개인 프라이버시라고 생각해 금기시하기도 하지만, 40년 전 당시는 친근함을 나타내는 예사로운 질문이었다. 하지만 형제자매가 몇 명이냐는 질문은 언제부터인가 나에게는 말하고 싶지 않은 금기 사항이었다. 그러기에 나는 두리뭉실한 대답으로 이 위기를 넘길 셈이었다.

"좀 많은 편입니다."

"몇 명인데요? 나도 7남매나 돼요! 나 보다 많다 말이요?"

"예!"

"그래요? 아직 나 보다 형제자매가 더 많은 집안이 있다는 이야기는 듣긴 했어도 만난 적은 없어요!"

나는 말이 쉽게 떨어지지 않고 망설여진다.

"그럼 9명입니까?"

"그것보다 많습니다."

"대체 몇 명이기에 그렇게 뜸을 들여요?"

"축구 1팀은 됩니다. 혼성팀이기는 하지만요. 여자 남자 여자 남자……. 여자로 끝납니다. 남녀가 지그재그로 태어났더군요. 큰 누님이 1938년생이고, 막내 여동생이 1962년생입니다. 어머님은 만34년간 5남 6녀의 11남매를 임신, 출산, 육아로 고생하셨고, 거기에다 11대 종부이기도 해 제사 등 무거운 책임감으로 사셨습니다. 그러기에 그것이 마음의 병이 되어 내가 대학 3학년 때 60세를 채 넘기지 못하고 저와 이별했습니다. 제가 11남매의 정 중간인 6번째입니다. 이렇게 말씀드리니 좀 쑥스럽습니다."

"와! 정말 대단한 부모님을 두셨네요. 어머님을 생각하면 콧등이 찡하겠네요. 그런데 그것은 결코 숨길 일도 아니고, 기(氣) 죽을 일도 아니지 않나 싶습니다. 그런 훌륭한 부모님을 생각하며, 역설적으로 우리는 직업적 전문가로 다시 태어나도록 합시다. 파이팅!"

어머님의 강인함은 오늘날 나를 있게 해준 힘의 원천이기도 하다. 요즘과 같이 출산율이 낮은 상황에서는 국가로부터 훈장을 추서 받아도 조금도 이상하지 않으리라. 그런 면담이 있는 후 나는 간혹 담당 파트너로부터 "정 회계사! 아니 정씨 축구팀의 센터 보드!"라는 애교 어린 별명을 듣기도 했다.

2002년 6월 벌어진 한일월드컵 축구대회에서 우리 대표팀이 7전 3승 2무 2패라는 나쁘지 않은 성적으로 오랜 숙원인 16강 진입을 넘어 4강에 올랐다. 한국의 4강 진입은 네덜란드 출신의 거스 히딩크(Guus Hiddink)감독의 과학적인 훈련과 온 국민의 성원으로 이룬 쾌거였다. 온 국민은 '붉은 악마'를 중심으로 열광적인 응원을 펼쳤으며, 수많은 인파가 거리로 쏟아져 나와 길거리응원을 펼쳤다. 이 월드컵 4강과 붉은 악마들의 함성은 축구장에서 뛴 11명의 선수와 함께 영원히 우리의 신화가 될 것이다.

세월이 흘러 우리 11남매는 서울 부산 대구 등 전국 각지에 흩어져 살고 있고, 어느새 살림살이 소득차도 생긴 것이 현실이다. 최근에는 외국으로 이민 간 형제도 있어, 이제 한 자리에 모두 모이기는 쉽지 않을 듯 하다. 20여 전 아버님 장례식 때 11남매가 모두 모여 남자 형제들은 굴건제복 차림으로 여자 자매들은 흰 치마저고리를 입고 곡(哭)을 하며 꽃상여를 따르던 모습도 오늘날은 찾아보기 힘든 옛 일이 되어가고 있다.

혹시 한 가정의 형제자매만으로 축구팀을 구성하여 시합을 하게 된다면 우리 집안의 막강한 응원단 수와 함께 우리 가족은 당당히 기권승을 할지도 모르겠다. 왜냐하면 응원단 구성 수는 5남 6녀의 배우자 11명, 손자손녀는 친가 11명, 외가 17명으로 28명, 증손자손녀도 친가 16명, 외가 22명으로 38명이니, 합하여 77명이나 되는데 어느 팀이 감히 우리 집 형제자매 축구단에 도전할 생각을 하겠는가? 5남 6녀 형제자매여! 파이팅! (합천신문, 2020. 9.) ♣

4.

출가외인의 족쇄

내 선친은 80세까지 사시다가 20여 년 전에 작고하셨다. 11대 종손으로 태어나 고향 쌍백면의 부면장, 쌍백초 기성회 회장, 농협협동조합장, 삼가 향교 장의, 유도회 지부장, 서원 유사 등을 역임하셨다. 선친은 누가 봐도 근면하고 성실하며 나름대로 합리적으로 사셨던 분이다. 그렇다고 아쉬운 점이 없을 리 있겠는가?

우선 매우 엄하셨다. 갓난애들의 울음을 멈추고 싶을 때, 엄마들은 '호랑이 온다.'라고 하며 달래는 경우가 많다. 그런데 어릴 때 우리 마을에서는 달랐다. 어머님의 택호가 '합천댁'인데, '합천댁 양반 오신다.'고 하면 동네 애들이 울음을 멈출 정도로 무서웠다. 그런 분위기에서 아버님의 자식 사랑이나 아버님과의 대화를 기대하는 것은 연목구어(緣木求魚)이다. 아버님께 전달할 말도 직접 한다는 것은 생각하기조차 무서워 언제나 어머님을 매개로 한 간접대화를 했을 뿐이다. 또한 우리 자식들은 일방적인 지시에 '예, 알겠십니더.'라고 하고 따를 책임만 있을 뿐이었다. 내가 아버님과 대화를 한 것은 대학생이 되고 난 이후로 기억된다.

또한 선친께서 출가외인(出嫁外人)을 강조한 것은 유교의 실천이었는지는 모르지만 선친 삶에 있어서 옥의 티라고 할 수 있다. 출가외인이란 딸이 시집가면 친정과는 연을 끊고 시가에만 전념해야 하는 것으로, 남녀 차별의 대표적인 사례다. 이는 조선시대의 아들 선호사상 또는 장자 우선권과 일맥상통하는 이야기다. 내 기억으로는 할머님도 눈에 드러나게 손자 우선이었다. 모두가 이렇다보니 어머님도 어쩔 수 없었다. 상징적인 예로 아들들은 중학교 고등학교에 진학을 하지만, 딸들의 최종학력은 초등학교에 만족해야 했다. 핑계는 어려운 살림에 아들 공부시키기도 빠듯한데, 딸 교육까지 시키는 것은 어렵다는 것이다.

아들들이 공부를 하는 동안, 딸들은 시집갈 때까지 가사 일과 들일이며 온갖 노동을 해야만 했다. 머슴이 있는데도 불구하고 딸들을 쉬게 두지 않으셨다. 아버님이 논으로 가면 가족들도 논으로 동행해야 했고, 밭의 잡초라도 뽑으면 같이 잡초를 뽑아야 했다. 고향에서 중학교를 다닌 나로서는 그런 모습에 누나들에게 얼마나 미안했는지 모른다. 물론 방과 후 나도 그 노동에서 예외가 될 수 없었다. 지금도 생각하면 집에서 공부한 기억보다는 일한 기억이 훨씬 더 많다.

그 당시, 여자는 시집을 가면 그만이라고 생각한 경우가 많다. 딸이 아무리 공부를 잘해도 시집가면 남자 호적으로 옮겨가므로 친정하고는 연관성이 없다고 생각한 모양이다. 지금은 사회의 변화로 남녀평등이 어느 정도 균형을 이룬 셈이다. 가족법이 개정되어 딸도 아들 노릇을 할 수 있고, 민법도 개정되어 아들 딸 구별 없이 재산을 고루 나눠가지도록 되어있다.

일반적으로 고려시대는 조선시대에 비하여 남녀차별이 덜하였던 것 같다. 그런데 유교를 국시로 하는 조선이 개국되자, 방향이 달라지기 시작했다. 그러나 임진왜란 전까지는 백성들은 늘 하던 고려 풍습대로 생활하다보니 남녀차별이 두드러지지 않았다.

신사임당 집안을 보면 어머님은 무남독녀였고 신사임당 자매도 아들 없는 4자매 뿐이다. 그러다가 임진왜란 이후 국고는 고갈되고 세금 징수가 안 되다보니 장자 상속이란 미명아래 재산을 장자에게 집중 상속 하는 대신, 장자는 동생들을 보호할 책무와 국가 납세에 적극 협력할 의무를 준 것이다. 이런 제도의 강화는 출가외인이라는 이름과 함께 딸을 차별하게 된 것이다.

선친은 운명하기 전에 논(畓)은 3남인 나를 제외한 아들 4명에게만 증여하였다. 대학을 졸업한 나의 몫은 땅 한 평도 없었다. 나는 그런 결정에 이해를 하면서도, 아내의 섭섭함을 달래는 데에는 한계가 있었다. 다만 아직 선친 명의로 남아 있는 땅은 딸들의 고생과 땀으로 이루거나 유지된 것이므로 그 동안 고생한 딸들에게도 최소한의 배려가 있으면 좋겠다고 형님께 여러번 제의했다. 맏형은 평상시에 그렇게 하겠노라고 하고선 막상 분배를 하려니 출가외인 운운하며 거부해 속이 상했다. 이 일로 형님과 동생들 간에 거리가 멀어지는 계기가 되었다.

형제간에 갈등이 풀리기를 기다리던 어느 날, 큰 형은 갑자기 캐나다로 이민을 가버려 대신 내가 재산관리를 맡게 되었다. 나는 즉시 밭 한 필지를 매각하고, 매각 원금에다 내 사비(私費)를 보태어 자매들에게 나눠 주었다. 출가외인(出嫁外人)이라는 잘못된 개념속에 사신 할머니, 아버님 그리고 큰 형의 족쇄에서 벗어나 자매들도 진정한 자유의 기치아래 아름다운 자매로 거듭나기를 바란다.

자매들이여! 그동안 자매들에게 강요된 노동과 땀, 원망과 좌절, 그리고 남몰래 흘린 눈물일랑 모두 잊어버리고 용서와 긍정, 희망으로 승화시키자! 그리고 앞으로 우리 모두 잘살아 보자. 언젠가 코로나가 물러가 안심할수 있는 시간이 오면 우리 모두 한 자리에 둘러 앉아, 옛 일을 추억으로 되새기며 맛난 음식도 실컷 먹고, 밤새 도란도란 이야기하며 가족의 정을 쌓아가도록 합시다. (합천신문, 2021. 1.) ♣

5.

큰 누님 생각

나는 11남매(5명의 남형제와 6명의 여자매)의 정 중간인 6번째로 태어났다. 제일 큰 누님과 막내 여동생 간의 나이 차가 정확하게 4반 세기나 된다. 내 위로는 두 분의 형과 세 분의 누님이 있다. 큰 누님은 나보다 16살, 둘째 누님은 10살 그리고 셋째 누님은 3살이 더 많다. 큰 누님은 일본에서 태어나 9살까지 살다가 1945년 해방과 함께 부모님을 따라 고향으로 돌아왔다. 그리고 내가 두 살의 갓난아기 시절에 18살 나이로 이미 시집을 갔다.

큰 누님과는 나이 차이가 커 추억이 많을 리가 없지만, 그래도 생각나는 것이 있다. 내가 초등학교 1학년 때로 기억된다. 1960년대만 하더라도 시골에는 볼거리가 별로 없었다. 그래서 무슨 색다른 얘기라도 들으면 나중에 후회할망정 호기심에 일단 가보곤 하였다. 그 날도 돌이켜 생각해보니 군 체육대회가 아니었던가 싶다. 마을 또래 친구가 어디서 들었는지는 몰라도 읍내에 가면 구경거리가 많다며 같이 가자는 것이다.

집에서 합천읍까지는 30리가 되고도 넘는 거리인데, 구경하러 간다는 기대하나로 힘든 것도 모르고 무작정 걸었다. 겨우 현장에 도착해보니, 우리들의 관심 사항과는 거리가 멀어 이내 실망했다. 가진 돈도 없기에 집으로 돌아가자니까, 같이 간 친구는 가까운 곳에 친척이 산다며 혼자 가버리는 것이 아닌가? 갑자기 가게된 상황이고, 전화나 다른 연락 수단도 없던 때라 난감했다. 그때 문득 큰 누님 댁이 떠올랐다. 마을 이름만 알고 다른 정보는 없는 상태에서 초행 길 약 15리를 묻고 또 물어 끝내 누님댁을 찾을 수가 있었다. 겁도 없이 갈 수 있었던 것은 인심 좋은 시골이었기에 가능했으리라.

동생이 오리라고는 전혀 예상하지 못한 누님은 나를 보자, 화들짝 놀랐다. 더구나 너무 꾀죄죄한 모습이 안타까워 물을 데워 몸을 씻어주던 모습이 아련히 떠오른다. 어쨌든 허기진 배를 채우고 하룻밤을 잤다. 이제 집으로 돌아 갈 생각을 하니 걱정이 이만저만이 아니었다. 집에서는 내가 없어졌으니 걱정을 했을 테고, 누님은 누님대로 어떻게 해야 좋을지 막막했을 것이었다. 물론 전화도 없던 시절이었기에 말이다.

누님의 생각으론 신작로로 가자니 버스를 처음 타는데다 막상 타는 시간보다도 걷는 시간이 더 많아 불안하고, 앞산 고개를 넘어가면 빠르기는 하지만 어린애 혼자 보낼 엄두가 생기지 않았던가 보다. 고민 끝에 누님이 앞산 꼭대기까지 나와 동행한 후 고갯마루에서 헤어지는 절충 방법을 택했다. 산길을 가는 것은 어릴 적부터 소를 방목하며 다니던 일상의 일이라 문제가 아니나, 처음 가는 산길이라 방향이 걱정이었다. 다행이었던 것은 60년대의 산이 대부분 민둥산이라 방향

잡기가 비교적 쉬웠다. 나는 감도 생겨, 걷기도 하고 뛰기도 하며 하산하니 어렴풋이 우리 마을 어귀쯤으로 짐작되는 곳을 찾을 수 있었다. 그제서야 마음을 놓고 집에 도착하니, 부모님으로부터의 꾸지람이 기다리고 있었다.

언젠가 돌아가신 아버님의 유품을 정리하면서 아버님의 일본 생활이 어떠했을지 궁금하여, 일본에서 태어난 누님에게 물었다.

"누님, 일본에서 9살까지 살았다는데 그곳이 어딘지 알아?"

"시골이기는 한데 정확하게는 모른다."

"아니 9살까지 살았다면서 대충 어디쯤인지는 알꺼 아닌가?"

"알아야 하는데 세월이 흐르다보니 기억이 안 나네. 그런데 그것을 알아서 뭘 하려고?"

"누님, 혹시 내가 주소를 알게 되면 구경삼아 같이 가 볼 용의는 있어?"

"글쎄다. 이제 다리도 아파서......"

마지막 한 마디가 나의 귓전을 때린다. 80이 넘은 큰 누님의 맘도 헤아리지 않고, 내 입장에서만 한 말인것 같아 미안하다. 건강하게 오래 사셔야 할 텐데…. 매형도 한 때는 누님 맘을 꽤나 아프게 했다. 매형도 교통사고로 고생을 했지만 지금은 부러울 것이 없어 보인다. 딸이 없어 조금은 삭막해 보이지만, 홍동, 해동, 길동이 삼형제가 모두 효자라서 누님과 매형이 행복해 보인다.

농포 아버님 장례식 때로 기억된다. 매형은 '장인 장례는 큰 사위 몫'이라는 옛 말을 실천이라도 할 듯이, 조문객도 맞이하는 등 분주하게 움직였다. 그런데 대낮부터 한 잔 두 잔 마신 술에, 저녁이 되자 얼큰하게 취해 버렸다. 다들 삼삼오오 모여 이야기꽃을 피우는데, 술기운 탓인지 매형의 큰 목소리가 좌중을 집중시킨다. 큰 누님이 매형에게 눈총을 주지만 아랑곳없다. 처남 처제는 물론이고 친인척이 모두 모인 자리에서 이것만은 말하리라 하는 태도다.

"내가 장가오던 때만 해도 동네 남정네들의 장난이 심했지. 그 때 두 발이 묶여진 채 발바닥을 엄청 맞았어. 당시는 장가가기 위한 통과의례였지. 그리고 저 병수 처남은 겨우 2살 쯤 되었을 거야. 아랫도리는 벌거벗은 채 돌아다니고 있더라구. 그런데 세월이 이렇게 빨리 흘러, 병수 처남도 어엿한 아버지가 되었네 그려!"

누님은 이 말에 손사래를 치며, 언성을 높인다.

"이제 병수 동생도 사십이 넘었단 말이오. 그런 얘기하면 올케도 싫어해요. 그만 합시다." 좌중은 재미있다고 한바탕 웃는다. 인정 많은 큰 누님도 2021년 이제 80이 넘은 연세고, 몸도 불편하다니 세월의 무상함과 함께 건강의 중요성을 새삼 깨닫는다. 진작부터 누님과 매형 그리고 시간이 되는 남매 몇 명이라도 모여 여름 겨울 따지지 않고 야외 바람이라도 함께 쐬야겠다고 생각하고 있었으나 지금까지 바쁘다는 핑계로 그 기회를 찾지 못했다. 나 혼자만이라도 이 숙제를 조만간 풀어야겠다고 다짐해 본다. 오늘따라 서산으로 지는 해가 더욱 붉게 물들고 있다. (2021. 1.) ♣

6.

용주 누나, 늦게나마 미안해요

용주 누나는 내 둘째 누나의 별칭이다. 원래의 이름은 '영자 누나'다. 지금도 이름을 부르면 더 정스럽지만, 용주면으로 시집을 간 이후로 우리 형제들은 '용주 누나'로 부른다. 나이는 나보다 10살 위다. 그러다 보니 어머님께서 시장에 가거나 집을 비울 때는 주로 용주 누나에게 아래 동생을 보살피도록 당부하게 된다. 3살 많은 누나도 있었지만 개구쟁이 남동생을 돌보는 것은 버거웠을 것이다. 그러다보니 아래로 4명이나 되는 동생들을 돌봐야 할 용주 누나의 책임이 무거웠다.

우리 고향인 쌍백면과 인접한 면에는 삼가면이 있다. 삼가는 약 100년 전 삼가, 초계, 합천의 3개 군이 통합하여 오늘날의 통합 합천군이 되기 전까지 엄연히 사또가 거주하던 지역 중심 고을이었다. 우리 지역의 5일장도 '삼가장'이고, 다른 5일장 보다 규모가 컸다. 특히 우(牛)시장으로 유명했다. 그래서인지 지금도 여전히 서부 경남의 맛있는 쇠고기 고장으로 명성을 날리고 있다.

어머님은 장에 가시면, '옷을 사러 간다.' 또는 '제사상에 올릴 생선을 사러 간다.'라고 하기보다 '돈 사러 간다.'는 표현을 자주 사용하셨다. 돈을 사러 가다니? 이는 일상 생필품의 대부분을 자급자족하는 시골의 경우 구매할 품목이 많지 않으므로 돈은 항상 필요한 것이 아니었다. 그런데 자급자족 품목이 아닌 의류나 생선 등을 사려면 그 때 돈이 필요하고, 그 필요한 돈은 주로 쌀을 팔아 마련한다. 따라서 쌀을 팔고 대신 돈을 받는 거래의 경우 '쌀을 팔러간다.'라고도 할 수 있지만, '돈 사러 간다.'라는 표현이 더 어울리는것 같다. 오늘날 경제학에서 화폐도 상품의 하나이므로 '돈사러간다'는 표현은 선견지명이 있는 표현이기도 하다.

자급자족 사회에서의 여성이 담당하는 자급자족 품목에는 길쌈의 비중이 크다. 삼베 1필을 짜기 위해서는 수많은 공정을 거쳐야 한다. 삼을 수확하여, 수증기로 익힌 후, 껍질을 벗기고, 다시 물에 불려 째고, 그것을 한 올 한 올 잇는다. 그리고 물레질 등을 거쳐 베틀에 올려 날줄과 씨줄로 삼베를 짠다. 한 필의 삼베를 완성하기 위해선 약 1주일이나 소요되는 힘든 일인데, 겨울이면 어머님은 베틀에 앉아 며칠 밤을 세워가며 삼베를 짜곤 하였다.

내가 5살 무렵, 용주 누나는 15살로 또래 친구들과 한창 놀고 싶을 나이였을 것이다. 그날도 삼가 장날이었다. 어머님은 용주 누나에게 동생을 잘 돌볼 것을 부탁하고 장에 가셨다. 나는 호기심과 장난기가 발동했는지 누나가 잠시 마당에서 친구와 노는 틈을 타, 베틀이 있는 방으로 들어가 어머님이 짜던 삼베를 가위로 싹둑싹둑 잘랐다는 것이다. 물론 어릴 적의 일이라 나는 기억이 전혀 없다. 그 사건으로 인해 용주 누나가 어머님으로부터 야단과 함께 심하게 맞았던 모양이다.

누나는 그 때를 생각하면 지금도 억울하고, 때론 어린 동생의 철부지 장난이 원망스러웠던지 나를 만나면 종종 하소연을 하곤 했다. 물론 어머님의 입장에서 보면 다르다. 장을 보고 난뒤 산 무거운 물건들을 머리에 잔뜩 이고 15리 길을 걸어 피곤하게 집에 도착했는데, 엉망진창이 된 베틀을 보고난 심정은 오죽했을까? 한숨만 터져 나왔을 것이다. 이런 상황에서 화를 내지 않는 것이 이상할 것이다. 원상회복 하려면 며칠이나 소요되는 짜증나는 작업이었을 것이고, 그렇다고 짜낸 삼베를 버리기에는 아까웠을 것이다. 어떻게 수습이 되었는지는 모르지만, 아마 미루어볼때 이 일로 집안 분위기가 어두웠을 것이다.

이 사건의 주범은 동생인 나다. 그런데 동생은 기억조차 못하는 어린애라 문책에서 제외되고, 대신 동생 보기를 태만히 했다는 이유로 용주 누나가 덤터기로 책임을 지다보니 피해자요 희생자가 된 셈이다. 누나가 동생 감시에 한눈 판 사이 베틀에 흐트러진 씨줄과 날줄을 본 용주 누나도 보통 일이 아님을 직감했을 테다. 어머님께서 장을 보고 집에 오실 때까지 얼마나 마음 졸이며 초조해 했을까? 동생 보느라고 힘들었던 누나는 칭찬을 받아야 마땅했으나, 이 날따라 철없는 어린 동생 때문에 누나에게 돌아온 것은 야단과 매와 마음의 상처였을 것이다. 지금도 아픈 기억으로 남아 있나 보다. 그 사건은 전적으로 동생의 경솔한 행동으로 인한 동생 잘못임을 인정하고, 늦게나마 '미안해!'라고 정중히 사과드리고 싶다.

이 외에도 고의는 아니지만 결과적으로 누나에게 상처를 준 일이 몇가지 기억난다. 그 중의 하나가 초등학교 소풍 때 도시락 사건이다. 당시 부엌일은 어머님도 했지만 도시락은 누나의 몫이었다. 용주 누나는 동생의 소풍 날이면 나름 도시락을 정성껏 싸주었다. 자금 출처는 모르겠지만 1년에 몇 번 못 먹어보는 사이다도 이 날만은 마셔볼 수 있는 특권을 누린다. 기분 좋게 소풍 장소에 도착해 보자기를 펴자, 이게 뭐냐? 친구들은 모두 벤또(도시락)에 밥을 담아 왔는데 누나가 싸 준 보자기엔 김밥이 들어 있는 것이다. 나는 다른 애들과 단지 내용물이 다르다는 이유 하나로 그만 창피하여 김밥을 먹는 둥 마는 둥 했다.

그리고 집에 와선 누나에게 "왜 김밥을 쌌냐?"고 괜한 화풀이를 하기 시작했다. 누님은 동생의 트집에 기가 막혔을 것이다.

나중에 알고 보니, 당시 김은 일상적으로 먹을수 있는 것이 아닌 귀하고 비싼 재료였다. 누나는 동생의 소풍날에 특별히 김밥을 싸 별식으로 준비해 준 것이다. 그런데도 철부지 동생은 감사는커녕 화풀이만 했으니 누나의 마음은 얼마나 기가 찼을까? 싸 오고 싶었지만 그럴 형편이 안 되어 못 싸 온 친구들은 나를 오히려 부러워했을 텐데 말이다. 애쓴 누나에게 '고맙다.'라는 말은 고사하고 화풀이를 했으니 지금 생각해보면 참 철도 없던 동생이란 생각에 새삼 미안하고 겸연쩍기만 하다.

"그 때 그 정성스런 김밥 진심으로 고마웠어. 누나!"

그래서일까, 나는 종류를 불문하고 음식을 대체로 다 좋아하지만, 가장 좋아하는 음식이 뭐냐고 묻는다면 서슴없이 '김밥'이라고 말한다. 그것은 김밥이 맛도 있지만 무의식속에 누님의 영향이 컸으리라 본다. 간혹 출근 시간이 급해 아침 밥을 못 먹고 나오더라도 24시간

운영하는 편의점이나 김밥전문점에 들러 김밥 한 줄을 사서 차 안에서 먹는 맛이란 지금도 별미 중의 별미이다.

뿐만 아니라 내가 고속도로 휴게소에서 요기라도 할 때면 제일 먼저 김밥이 있느냐고 묻는다. 충무김밥이면 더 좋고, 라면이 추가되면 나의 식사로는 금상첨화이다. 그럴 때마다 나는 용주 누나에게 "김밥은 필요 없다."며 울며불며 생 쇼를 한 어릴 때의 기억으로 가슴이 아려온다.

용주 누나는 선천적으로 몸이 약한 편이다. 시집을 갈 무렵에도 그랬다. 그럼에도 5남매를 낳고, 자식들이 모두 효자효녀이니 외삼촌으로서 기쁘기 그지 없다. 안타까운 것은 이 시간에도 누나가 병실에 있다니, 빨리 회복하여 건강한 몸으로 퇴원하기를 진심으로 바란다.

문득 러시아의 시인 푸쉬킨 (Pushkin)의 "삶이 그대를 속일지라도"의 시(詩) 한 구절이 떠오른다.

"삶이 그대를 속일지라도

슬퍼하거나 노하지 말라.

슬픔의 날을 참고 견디면

언젠가 기쁨의 날이 오리니!…."

용주 누나! 아픈 기억일랑 빨리 잊고, 좋은 추억은 오래오래 곱씹어 보면 어떨까? 조만간 시간이 나는 대로 그 때 철없이 가위로 잘랐던 까끌까끌한 삼베 대신 보들보들한 옷 한 벌과 맛있는 김밥을 가져갈 테니, 이 못난 동생과 김밥 먹으며 지나간 일을 추억삼아 웃으며 얘기해 보자꾸나! 그리고 가슴에 맺힌 응어리를 풀어야지…. (재경 합천문학 제4집, 2021. 5.) ♣

7.

'하부지' 소리를 처음 듣던 날

나는 아들만 둘이다. 아들을 낳은 때만 하더라도 딸만 둘 낳은 소위 딸딸이 아빠들로부터 부러움을 샀다. 그런데 변화가 빨라 그새 3차 산업혁명이 지나가고 인공지능으로 대표되는 4차 산업혁명의 시대가 도래해서 인지 딸딸이 아빠는 금메달 은메달 아빠로 격상되고, 한때 부러움을 받은 아들 둘 가진 나 같은 아빠는 목메달 아빠로 격하되어 버렸다. 딸만 둘 둔 부모는 비행기타고 해외여행 다닌다고 하는 것도 농담만은 아닌 듯하다. 거기에다 아들이 잘 나면 나라의 아들이고, 돈 잘 벌면 사돈의 아들이요, 빚진 아들만 내 아들이라고 하는 말도 뜻없이 하는 말은 아닌것 같다. 그래도 나는 희망을 포기하고 싶지 않다.

나의 첫째 아들은 국내에서 직장을 다니고, 둘째는 미국 필라델피아에서 박사과정 유학생이다. 그런데 아들 형제 중 미국에서 공부하는 동생이 외로웠던지 먼저 결혼을 하게 되었다. 며느리도 아들과 같은 대학의 박사과정 학생이다. 그런데 전혀 예상치 못했는데 둘째 며느리가 귀여운 손녀 딸을 낳아줬다. 나로선 첫 손녀이자 공식적으로

할아버지로 등극하게 한 법적인 증인이 된 셈이다. 그렇지만 손녀를 대면한 것은 생후 10개월이 되었을 때다. 큰 아들의 결혼식에 축하하러 둘째 내외가 딸을 데리고 왔을 때였다. 이는 손녀가 생애 첫 번째로 대한민국에 입국한 셈이다.

어린 아가는 통상 낯을 가리면서 울기도 하고 낯선 환경에 힘들기도 할 법한데 신기할 정도로 잘 먹고 잘 자며 처음 보는 사람에게도 생글생글 웃는 복덩이였다. 학생인 두 내외는 아가가 생각보다 잘 노는 데에 안심이 되었던지, 2개월 후면 방학도 되고 첫 딸의 돌도 돌아오므로 비록 말도 못하고 걷지도 못하지만 아가를 서울의 할아버지 할머니에게 남겨놓고 미국으로 들어갔다.

이 때부터 둘째 내외가 오기까지 대략 6주간을 할머니와 할아버지가 손녀의 양육 책임을 맡았다. 말하자면 할머니는 손녀에 대한 육아 책임교수가 되고, 난 조교가 되었다. 육아 조교 생활은 나에게 처음이

어서 책임 교수가 시키는 대로 했다. 그래야 뒷탈이 없기 때문이다. 동쪽으로 가라하면 동쪽으로 가고, 서쪽으로 가라하면 서쪽으로 가기로 했다. 심부름은 말할 것도 없고, 유모차를 밀고 동네 한 바퀴 도는 것도 내 책임이었다. 아파트에서 좀 떨어진 동네 어린이 집에 데리고 가 한나절을 다른 아가들과 놀기도 했다. 다행인 것은 엄마 아빠를 찾지 않고 울지 않고 잘 논 것이다. '혹시나 사고가 나면 어쩌나?' 하고 계속 정신을 집중해야 했지만, 날이 갈수록 할아버지를 알아보고 따르니, 내가 오히려 행복한 돌보미가 되어 가고 있었다.

그러다가 둘째 아들 내외가 방학이 되자 한국에 다시 들어왔다. 문제는 손녀가 엄마 아빠를 알아볼지 아니면 그간 보지 않았기에 서먹서먹해 얼굴을 피할지가 궁금했다.

6주만에 상면하는 날 그 순간 손녀를 내가 안고 있었다. "서원아! 엄마 아빠 왔네!"라는 엄마의 말이 떨어지자마자, 바로 엄마 품으로 가는 것이 아닌가? 6주간 역할을 충실하게 했다고 자부한 할아버지 조교는 온데간데없고, 그저 섭섭하고 허탈한 심정이다. 언젠가 손녀도 이를 알게 될 날이 오려나?

'돌' 잔치는 조촐하게 진행했다. 꼬마에게 한복과 돌 모자를 입히니 앙증맞다. 모인 가족 모두가 기분이 고조된다. 덩달아 아가도 웃는다. 지금도 그 때의 '돌' 사진을 보노라면 웃음이 나온다. 돌잔치가 끝나자 꼬마는 엄마, 아빠와 함께 미국으로 되돌아갔다.

손녀가 다시 입국한 것은 20개월이 되던, 2018년 가을이었다. 유사 이래 가장 더웠다고 할 정도로 견기기 힘들었던 그 때에 둘째 며느리와 손녀 그리고 특별히 둘째의 사돈 내외가 함께 한국으로 입국

한 것이다. 공항 출구에서 손녀를 기다리는 동안, 아내는 나에게 신신당부했다.

"손녀 서원이가 당신을 몰라봐도 섭섭해 하지 마세요. 그래야 할아버지 자격이 생기는 거예요. 알았지요?"

"아, 그 참!" 그 자격 타령은 이제 그만해! 벌써 몇 번째야?"

비행기가 착륙한 지 30여 분이 지나서야 한 사람씩 나오기 시작했다.

"왜 우리 손녀는 늦게 나오지?"

조바심으로 지칠 때쯤, 드디어 꼬마는 우리 앞에 나타났다. 손녀의 반응이 과연 어떨지 몹시 궁금했다. 할머니의 말대로 우리가 누군지 알아보지 못할까? 그런데 아니었다. 꼬마 서원이는 단숨에 할아버지인 나를 보고 생긋생긋 웃으며 두 팔을 뻗으며 나를 향하여 달려오는 것이 아닌가? 나는 얼른 손녀를 안았다. 꼬마 서원이가 할아버지를 몰라볼 것이라는 예상은 기우였다.

한국에 온지 보름 후 손녀는 다시 미국으로 들어갔다. 그리고 매주 주말이면 '페이스 톡' 으로 안부를 주고받는 것이 우리 가족의 일상사가 되었다. 그러나 꼬마들에겐 영상이 별로 가슴에 와 닿지 않는 모양이다.

"서원아, 저기 할아버지, 할머니가 보이네."라고 엄마 아빠가 유도해도 바라보기는커녕 딴짓하기 바쁘다. 감각이 와 닿지 않는 모양이다.

"서원아, 여기 봐, 할아버지, 할머니야!"

나는 조금 지나치다 싶을 정도로 아가 손녀에게 할아버지의 존재를 끊임없이 주입시켰지만, 들려오는 것은 "빠이! 빠이!"로 빨리 전화를 끊고 싶다는 것이다.

우리 아들 내외는 꼬마 서원이에게 어린이집에서는 영어로, 집에서는 한국어로 말하는 것을 원칙으로 양육하고 있다. 나는 할아버지는 고사하고 아가들이 쓰는 '하부지'라는 말이라도 들어 봤으면 하지만, 집사람은 그저 참고 기다리라고만 한다. 섭섭하다. 그런데 만 세 돌이 되던 지난 12월 5일 평상시와 같이 '페이스 톡'을 하는데 그 날은 엄마 아빠가 시키지도 않았는데 그동안 그렇게 듣고 싶었던 말을 하는 것이 아닌가?

"하부지"

나는 그 소리를 듣고 한참이나 가슴이 먹먹하였다.

"아, 이제야 진짜 할아버지가 되었구나! 손녀가 태어난지 3년이 지나서야 말이다."

이번엔 눈에 넣어도 아프지 않을 아가 손녀의 3번째 귀국할 날짜를 세어본다.

"이제 35일 밖에 안남았네……!" (한국수필, 2020. 2.) ♣

3부

아직도 가슴엔 여운이

1. 어느 훈련병의 눈물
2. 눈물의 크림 빵
3. 존경하는 부부 은사님
4. 고 이경학 학형께 띄우는 편지
5. 쓸개빠진 남자가 되고보니
6. 다시 감사 해 오시오
7. 손때 묻은 책과의 이별
8. 오뚜기 보병대대 사병들에게 고함

1.

어느 훈련병의 눈물

드디어 전투경찰 16기 360여 명의 장정들은 집에서 입고 온 사복을 벗고, 국방색 제복으로 갈아입었다. 제복이라고 하지만 몸에 맞지 않다. 불편하고, 머리마저 빡빡이가 된 모습이 참 어색해 보인다.

때는 45년 전인 1974년 가을이다. 수용연대에서 25연대까지의 행군은 채 1시간도 안 되는 거리였지만, 내무반에 도착해 구두를 벗으니 생전 처음 신은 군화 탓인지 발꿈치가 까지고 물집이 여러 곳에 생겼다. 어떤 장정은 심한 고통을 호소한다.

내무반에서 약간의 휴식이 있을 것으로 기대한 나의 생각이 빗나간 것은 채 5분도 걸리지 않았다. 두 눈이 보일 듯 말 듯하게 검은 화이바(fiber)를 내려 쓰고, 지휘봉을 든 기간병이 들어서더니, 다짜고짜 명령이다.

"동작 그만! 모두 침상 끝으로 정렬! 차렷! 열중쉬어! 차렷! 열중쉬어!……."

초장부터 훈련병들의 군기를 확실히 잡겠다는 의지가 보인다. 화이

바엔 고딕체로 '조교'라고 쓴 두 글자가 선명하다. 우리는 어느새 고양이 앞에 쥐 신세가 되어가고 있었다.

"동작 봐라. 여기가 놀이터인 줄 알아? 너 이 △△"

말이 떨어짐과 동시에 지휘봉은 내 건너편 장정 어깨를 후려치고 있었다.

"아!"하는 비명도 잠깐, 나치의 공포 분위기가 온 내무반을 휘감는다.

"뒤로 취침, 앞으로 취침, 뒤로 취침, 앞으로 취침!"

대학 2학년 1학기가 되자, 동생들도 줄줄이 고등학생과 중학생이 되었다. 부모님의 어깨도 점점 무거워지는 것이 보인다. 내 마음도 편하지가 않다. 어떤 돌파구를 찾고 싶었다.

"그래, 군대를 갔다 오자! 병역의무를 필하기도 하고, 3년간이나마 부모님께 나의 경제적 부담을 덜어드릴 수 있다면 일석이조가 되지 않을까?."

그런데 막상 입대하려고 하니 징집영장을 받은 상태도 아니고, 더구나 호적상으로 실제보다 1년이 늦게 되어 있으므로 신체검사까지는 1년을 기다려야만 했다.

"그렇다면 자원입대는 어떨까?"

부랴부랴 알아본 결과 공군, 전투경찰, 해병대 정도를 찾아냈다. 이 중에서 인기 1순위가 공군이었다. 급하게 지원서를 낸 다음 대구 모 공군부대로 가 신체검사를 받는데, 검사관이 하는 말에 귀가 번쩍 뜨였다.

"너, 인마, 평발이네, 평발은 곤란해."

"예?"

"네가 여태껏 평발인 걸 몰랐어?"

순간 나는 당황되면서도, 군 입대를 면제받을 수도 있다는 생각에 잠시 기뻤다.

"저……, 그렇다면 저는 군대에 안 가도 된다는 말입니까?"

내 물음에 검사관은 "야 인마! 남의 부대 입대 여부를 내가 어떻게 아나?"

사실 그 신검 때까지 내가 평발이라는 사실을 몰랐다. 특별히 불편함도 몰랐다. 아니나 다를까, 며칠 후에 불합격 통보를 받았다. 그렇다고 군대를 확실히 가지 않을 정도의 평발은 아니라는 점이 나를 불안하게 했다.

그 후 몇개월 후에 병역필 제도로 전투경찰이 있다는 사실을 알았다. 여기에도 지원해 볼까? 다행히도 이 제도가 생긴 지 채 3년도 안 되었단다. 그런데도 지원자가 많아 원서를 낼 때 이미 경쟁률이 10:1이 넘어 있었다. 이번에도 '불합격하면 어쩌나?'하고 걱정을 했는데, 필기시험에서 상대적으로 점수가 좋았던지 합격 통지를 받았다, 그런 인연으로 해서 논산훈련소까지 오게 된 계기가 되었다. 그런데 눈앞에 벌어지는 현상은 교육이 아니라 기합 연습장이다. 혼란스러운 것은 당연했다.

"이렇게 밖에 못해? 여기가 너 네 집 안방이냐?" 이어 또 얼차려를 시킨다.

"다 같이 뒤로 취침, 앞으로 취침. 차렷, 열중 쉬어……."

얼마나 반복을 했을까? 등에 땀이 흥건해진다. 이어 저승사자처럼 꼼짝도 하지 않던 조교가 내 앞 쪽을 향하여 오는 것이 아닌가?

"관등성명은?"

"훈련병 정병수!"

내 말이 떨어지자마자, 조교는 지휘봉으로 내 배를 쿡 찌르면서 예상하지 못한 명령을 하는 것이 아닌가? 아마 훈련병 이력서를 미리 보고 내정한 것이라 예상된다.

"너 오늘부터 향도(向導)야. 알았나?"

향도란 지금 훈련병에게는 폐지된 제도이나, 당시는 훈련병들의 소대장 격이었다. 조교의 말을 듣는 순간 입대 전 어떤 복학생 형이 하던 말이 뇌리를 스친다.

"군대는 말이야. 너무 잘 해도 안 되고, 그렇다고 고문관이 되는 것도 곤란해. 중간 정도만 하면 딱이야."

나는 '속으로 이거는 아니다.' 싶었다.

'한번 맞고 6주간 편한 것이 좋겠지?' 나는 용기를 냈다.

"저는 향도를 맡을 자격이 못 됩니다. 운동 신경이 둔합니다!"

"뭐라고? 지금 네가 뭐라 그랬어?"

"향도를 맡을 수 없다고 했습니다!"

"이 새○가……."

그 뒤 상황이 어떻게 되었는지는 잘 기억나지 않는다. 주먹으로 맞고, 구둣발로 차이고, 야전 삽자루로 흠씬 얻어맞았던 것 같다. 정신을 차리고 보니 다행히도 크게 다치지는 않았다. 다만 움직이기가 불편했다. 결국 훈련소 첫날 밤 나는 아파서도 울고, 서러워서도 울었다.

그 덕분에 향도의 직책을 피할 수는 있었지만, 대신 2분대장까지는 피할 수 없었다. 2분대의 임무는 훈련소 중대 병력이 사용하는 화장실의 청소가 주 임무였다. 160여 명이 사용하는 화장실은 아무리 청소를 해도 금세 지저분해진다. 더구나 논산은 황토가 많은 지역이 아닌가? 황토 묻은 군화가 화장실을 한번 밟고 나오면 청소를 하지 않은것 처럼 되는것이 논산이다.

전반기 6주 내내 능력 없는 분대장으로 낙인이 찍힌 나는 물론이고, 우리 분대원들도 덩달아 모두 힘들었다, 그때 고생한 분대원들은 지금 어디에서 어떻게 살고 있는지 궁금하다. 아마 집 화장실 청소는 잘하고 있을 것이다. 향도를 못 하겠다는 한 마디에 내가 감당한 대가는 너무나 컸다. 일석점호를 마치고 매트에 누우면 창가에 있는 분대장자리 위로 달빛이 고고히 스며든다.

훈련소에 들어선 첫날에 엉겁결에 맞은 후유증으로 밤이면 학창시절의 캠퍼스 전경, 고향의 가족생각 그리고 잡념에 잠 못 이룰 때가 많았다. 그러나 무엇보다도 나를 슬프게 하는 것은 육신의 아픔도 아픔이지만, '우리나라 군대가 꼭 이런 식으로 운영될 수밖에 없을까? 합리적인 개선책은 없을까?' 라는 자문(自問)을 하면서도 자답(自答)을 할 수 없는 것이 더 괴로웠다. 어쩌면 아무 소용없는 이런저런 생각에, 눈물만 베개를 적시고 있었다. (합천신문, 2019. 12.) ♣

2.

눈물의 크림빵

어제 저녁을 늦게 먹어서인지 자고 나도 속이 더부룩하다.

"여보, 나 아침 먹지 않고 그냥 출근할래."

"해가 서쪽에서 뜰려나? 당신이 밥을 안 먹을 때도 있어요?"

"이제 환갑 진갑을 다 보내고 나니 젊었을 때하고는 다르네."

"그럼! 당신이 무쇠가 아니야. 아침을 조금이라도 들고 가지 그래요?"

"아니야, 벌써 시간이 이렇게 됐어? 서둘러야겠다."

사무실 가까이 가자, 앞쪽 어디선가 교통사고가 발생했는지 차들이 움직이지 않는다. 그때 대로변에 불을 밝게 켠 24시 편의점이 시야에 들어오는가 싶더니, 웬일인지 지금까지 잊고 있었던 일이 떠오른다.

'아이고! 아침에 약 먹는 것을 깜박했네. 그런데 약이 독하기 때문에 반드시 식사를 한 뒤에 먹으라고 했는데…. 어떻게 하지?'

나는 자동차 핸들을 급하게 오른쪽으로 돌린 후, 건물 한쪽 귀퉁이에 차를 세웠다. 코감기 약을 먹고 있던 터라 나의 바지 주머니에는 약봉지가 바스락거린다. 편의점에서 김밥 정도 먹으면 되겠다 싶어 김밥을 고르고 있는데, 조제하던 약사의 말이 환청처럼 들려온다.

"이 약 속에는 항생제가 포함되어 빈속에 드시면 곤란합니다. 반드시 식후에 드시는 것을 잊지 마세요. 아시겠죠?"

"네, 알겠습니다."

'삼각 김밥'이 있는 진열대를 향해 가다가 나는 그만 걸음을 멈추었다. 그 곳에는 전혀 예상하지 못한 45년 전의 눈물의 00크림빵이 놓여있는 것이 아닌가? 편의점을 들락거리면서도 유심히 보지 않아서인지 그간 한 번도 보지 못했는데 말이다.

나는 '삼각 김밥' 대신 'oo크림빵'과 '생수'를 샀다. 편의점 한쪽 귀퉁이에 기댄 채 눈을 감고 OO크림빵을 한입 물어본다. 정확하게 45년 전 훈련병 시절이 영화의 한 장면처럼 뭉게뭉게 피어오른다.

나는 1974년 10월에 군 복무 대체로 전투경찰 16기로 자원입대했다. 전투경찰 대원은 군인으로 갖춰야 할 군사훈련과 경찰을 보조할 수 있는 기본교육을 모두 이수해야 한다. 경찰 기본교육은 경찰학교에서 받지만, 군사훈련은 논산훈련소에 위탁하여 받을 때였다. 논산이 어떤 곳인가? 그 옛날 백제와 신라가 격전을 벌인 황산이다. 그 곳에서 흘린 땀과 새긴 각오가 밀물과 썰물이 되어 내 머리속을 흐른다.

"좌로부터 번호, 시작!"

"하나" "둘" "셋"……. "서른여섯, 이상 번호 끝!"

"목소리가 이것 밖에 안 되나?"

"큰 소리로 할 때까지, 번호, 다시 시작!"

"하나" "둘" "셋"…… "서른여섯, 이상 번호 끝!"

"자, 지금부터 잘 들어라. 알았나?"

밥을 먹은 지 얼마 안 되었는데 벌써 배가 고프다. "예!"라고 하지만, 정상적인 목소리가 아니다. 악에 받힌 소리다.

군사훈련은 총검술, 각개전투, 사격 등 기초 군사훈련이지만 갑작스레 하는 강훈련이라 몸은 금세 땀범벅이 된다. 행군 도중 '오열이 맞지 않는다.'라고 '오리걸음 걷기'라는 벌을 받은 적이 한두 번이 아니다. 야간 철조망 통과 훈련은 어땠는가? 조교의 지휘봉이 어느새 몽둥이로 둔갑된다. 몽둥이를 피해 사력을 다해 겨우 철조망을 통과한다. 손등은 긁힌 자국과 피로 흥건하다. 이제 잠시 쉬겠다 싶으면 기다리던 또 다른 조교가 '눈에 오만 볼트의 빛을 발하라'고 소리 지른다. 마치 저승사자 같다.

훈련병의 허기를 보충할 수 있는 유일한 곳이 PX(군내 매점)이다. 나는 군입대하는 순간부터 제대할 때까지 '집에서 1원도 안 갖다 쓰는 군인'이 되겠다고 결심하였다. 그러나 그것은 무모한 짓이었다. 빈털터리로 입대한 것까지는 호기라고 치지만, 매일 지급되는 식사량으론 언제나 배가 고팠다. 그러던 중 어느 날 중식(점심)이 평상 때보다 30% 가량 더 많이 배급되는 것이 아닌가? 좋으면서도 의아스럽다. 때 마침 조교의 한 마다가 '배고픔'에 대한 그 동안의 많은 의구심을 풀어 준다.

"오늘 상급기관의 시찰이 있으니 절도 있게 행동하라."

시찰이 끝나자 식사량은 원래의 적은 양으로 재빨리 환원된다. 쌀이 축나면 마지막 불이익은 훈련병에게 돌아간다. 그러던 중 훈련병에게 800원의 월급이 지급되었다. 나는 배고픔에 한이 맺혀 그 돈의 절반을 개당 20원짜리 00크림빵 14개와 30원하는 00콘 아이스크림 4개를 사서 단숨에, 한꺼번에 바로 먹었다. 속이 시원하다. 지금으로선 한번에 먹기엔 상상하기 힘든 양이다. 그러고 나서 저녁에도 나머지 400원에서 바늘과 실을 구입하는데 50원을 사용한 것을 제외한 350원 어치를 00크림빵과 아이스크림에 투자하였다. 결과적으로 1달치 월급 모두를 오로지 점심과 저녁의 두 끼 간식으로 다 사용해버린 것이다. 나의 미련한 행위는 결국 배탈로 이어져 그날 밤 화장실 출입을 두 번이나 하고서야 겨우 잠을 청할 수 있었다,

퇴근 후 저녁 식사를 하는데 아침 출근길에 있었던 OO크림빵이 생각났다. 45년 전 훈련병 시절의 배고픔을 생각하니 나도 모르게 헛웃음이 나온다. 아내는 히죽히죽 웃는 남편이 '혹시 실성이라도 한 것 아냐?' 하는 표정이다.

"당신, 오늘 사무실에서 무슨 일 있었어요? 왜 여태껏 한 번도 안 하던 짓을 해요?"

"일은 무슨 일? 아무것도 아니야. 사실은 오늘 아침에 밥을 안 먹고 갔잖아. 그래서 편의점에서 '삼각 김밥'을 사 먹으려다 우연히 옛날 논산훈련소에서 먹었던 OO크림빵을 발견하고 사 먹어 봤지, 이상한 것은 그땐 분명 '눈물의 빵'이었는데, 그런 가슴 아픈 일도 추억이라고 웃음이 나오더라?"

"그때 무슨 일이 있었는데요?"

"그건 4급 군사 비밀이야. 군사 비밀을 함부로 말하면 안 되잖아!"

"당신, 나이가 들수록 이상해지네! 남들은 나이가 들수록 비밀이 없

어진다는데, 당신은 반대로 비밀이 자꾸 늘어나니 말이야."

"그래? 그래도 본디 애국자란 최소한 군사 비밀만큼은 지켜야 나라가 건재하지 않을까싶다. 기밀 등급이 4급이나 되는데……."

"뭐라고? 그럼 당신이 애국자란 말이야?"

"그럼 내가 애국자가 아닐 수도 있다고?"

나는 그만 말문이 막힌다. (합천신문, 2019. 12.) ♣

3.

존경하는 부부 은사님

시골 중학교 1학년의 생물 수업시간이다. 27살의 초년생 총각 선생님은 종족 번식에 대해 설명하려 한다. 까까머리 학생들은 감수성과 호기심으로 눈망울이 반짝인다. 총각 선생님은 도시에서 대학을 다닌 ROTC 출신으로 시골에선 보기 드문 멋쟁이시다. 그런데 종족 번식을 설명하는 데는 뭔지 모르게 부자연스럽다. 농촌 학생들은 집에서 소, 돼지, 염소, 닭, 토끼 등 가축들의 교배를 일상적으로 보면서 자라므로 특별한 것도 아닌데, 도시 출신의 총각 선생님께서 매끄럽게 설명하려니 오히려 부자연스럽다. 하긴 쑥스럽기도 할것이다.

그 총각 선생님이 1학년 나의 담임을 맡으셨던 최태환 선생님이셨다. 당시가 1967년 봄이었으니, 2020년 올해로 53년 전의 일이요, 그 때 까까머리 소년도 이제는 손자손녀가 있는 할아버지가 되었다. 반세기도 더 된 그 옛날, 우리 담임 선생님의 속마음은 깊었으나 말수가 적은 편이라 학생들이 편하게 선생님께 다가서기가 쉽지 않았다. 말씀도 다소 무뚝뚝해 보였으나 논리정연하고 카리스마로 오히려 존경을 받았다. 그리고 여러 사람과 놀아야 할 때는 뒤로 빼지 않고 잘 어울리시는 분이셨다. 특히 1학년 봄소풍 때 학생들 앞에서 선생님께선 멋지게 하모니카를 부셨다. 사실 나는 초등학교 4학년, 5학년 2년간 학교 악대부 소속으로 하모니카를 분다고 단원 속에 묻혀 다녔지만 하모니카를 불지는 못하고 그냥 물고 다닌 나만의 비밀이 있었기에, 그 날 담임 선생님께서 분 하모니카 연주를 잊을 수가 없다.

그러니 존경하지 않을 수 있으랴! 존경하는 선생님으로부터 귀여움을 받고 싶을 땐 대수롭지 않은 책망에도 상처를 받기 쉬운가 보다. 사건의 발단은 정확하게 기억나지 않지만, 분명 나하고는 아무 상관없는 일로 뒤 좌석의 친구가 꾸지람을 듣자, 무심코 내 이름을 거론하는 바람에 죄 없는 나는 그 친구와 함께 방과 후에 벌로 청소를 하게 되었다. 나는 청소 그 자체가 문제가 아니라, 담임 선생님으로부터 명예가 손상되는 것이 참을 수가 없었다. 그렇다고 자초지종을 말할 용기도 없어, 나도 모르게 울기만 했다. 지금 생각하면 그냥 청소하고 끝날 정도였지 싶은데 그 땐 왜 그리 심각하고 억울했는지 모르겠다. 친구도 나의 잘못이 없음을 알기에 "미안하다!"고 반복했지만, 내 눈물은 멈춰지지 않았다.

울음으로 나의 무죄를 항의하는 내 마음이 전해졌는지, 선생님은 내 옆에 다가와 속삭이듯 말씀하시는 것이었다.

"병수야! 울지 마. 네 잘못이 없다는 건 알고 있어. 그냥 저 친구에게만 벌을 주면 얼마나 상처가 크겠니? 그래서 알면서 너에게도 벌을 함께 준거야. 그리고 말이야, 남자는 일 평생에 3번만 우는 거야. 태어날 때, 부모님이 돌아가실 때 그리고 나라를 잃었을 때야. 그 외에는 울지 않는 것이야. 알았지?"

그제서야 비로소 내 눈물은 멈췄다. 나의 억울함을 이해해 주시면서도 그 친구에게는 덜 미안하도록 우회적이고 교육적인 배려를 해 주셨던 것이다.

선생님! 그 때 말씀하신 남자삼곡(男子三哭) 중 두 번째 까지는 세월과 함께 자연적인 발로지만, 마지막 세 번째의 경우는 결코 있어서는 안되지요. 그런데 전화위복인지 담임 선생님의 지혜로 그 친구로부터 공식적으로 사과도 받고 화해도 하게 되었다. 뿐만 아니라, 그 친구의 주선으로 1학년이 끝나가는 어느 겨울 밤 선생님의 하숙방에 들러 밤 늦게까지 여러 가지 이야기를 들었던 기억이 난다.

그런데 그때 당시 1학년 우리들의 국어를 담당하셨던 미인 처녀 선생님이 담임 선생님의 하숙방에 함께 계신 것을 보고 깜짝 놀랐다. 난 중학교를 마치자마자 서울에서 고등학교를 다닌 이후로 두 분의 소식을 잊고 있었는데 나중에 두 분이 결혼을 하셨다는 이야기를 듣고 놀라움과 함께 무척 기뻐했었다. 사실 나는 최태환 선생님도 좋아 했지만, 사모님이신 조선희 선생님을 그에 못지않게 흠모했었기 때문이다.

제주도 신혼여행을 갔다가 고향 합천으로 가는 길에 아내와 같이 부산 망미동 선생님 댁에 들러 인사를 드렸다. 이후 부산에 갈 적마다 인사드리곤 했는데, 그때마다 두 분은 나의 부부 은사님이자 큰 형님과 큰 누님같이 친근하게 대해 주셨다. 지금도 두 분께서 평생의 반려자로 서로 존중하며 해로하시는 것을 볼 때 소설 '큰 바위 얼굴' 처럼 뿌듯하다. 2003년 4월 삼가중학교 졸업 33주년 재상봉(Home coming day) 전야제 때 사모님과 함께 제자들 앞에서 멋지게 노래를 부르시기에 아직도 정년이 많이 남았다고 생각했는데, 그 다음 해인 2004년에 교장선생님으로 최태환 선생님은 정년퇴직을 하셨다. 너무나 아쉽게 느껴졌었다. 선생님은 진정한 교사상을 보여주신 고마운 은사(恩師)이시다.

세월이 흘러 2020년이 되었다. 어쩌다 찾아뵙기는 했지만, 주로 전화로 안부를 여쭤보는 경우가 더 많았다. 어느날 조선희 사모님과 대화중에 최태환 교장님께서 팔순이라는 것을 알았다. 부랴부랴 나는 제자로서 팔순 기념 당일 여행을 제의했다. 다행히 내가 살고 있는 곳에서 가까운 수원은 수원화성(水原華城)을 포함하여 유네스코 등록문화재 등이 많은데도 불구하고 아직 방문해 보지 않은 곳이라고 하여 장소는 쉽게 합의했다. 만나는 시간도 11시로 정했다. 그러나 실제로 11시에 수원역에 도착하려면 부산에서는 새벽부터 준비해야 했을 텐데 그것을 마다하지 않고 오셨다. 저녁에 부산으로 떠날 때까지 아마추어 1일 가이드를 따라 수원화성과 행궁, 천년사찰 용주사와 융건릉, 나혜석 생가 터 등을 탐방했다.

다행히 12월인데도 날씨가 포근하여 다니기에 불편함은 없었으나, 팔순인 교장선생님의 연세도 연세지만 얼마 전에 사고로 다리를 다쳐 지팡이를 짚고 다니시는 모습이 내가 중학교 1학년 때 27살의 당당했던 청년 교사와 오버랩 되어 안쓰러웠다. 수원역을 떠나 부산으로 가기 위해 잠시 대기하는 동안 나도 모르게 눈시울이 빨개진다.

"정교수, 오늘 수고했소. 우리는 좀 기다리다가 기차를 탈 테니, 먼저 가 봐요."

그냥 기다리겠다고 하는 나를 한사코 가라고 하여 돌아서는데, 조선희 선생이자 사모님께서 교장선생님의 팔을 잡는 모습이 흐릿하게 다가왔다. 아름다운 두 분의 모습을 뒤로하고 나는 조용히 작별의 고개를 숙였다.

최태환 교장선생님. 조선희 사모님과 건강하게 백년해로 하소서! (2021. 4.) ♣

4.

고 이경학 학형께 띄우는 편지

보고싶은 친구 경학아!

최근 서울을 떠나 양평으로 이사를 간 대학 동기 황맹운 사장으로부터 2021년 1월 23일 저녁 무렵 나에게 핸드폰이 걸려왔다. 너도 알다시피 예의라면 남다른 황 사장이 토요일 저녁에 불쑥 전화할 것이라곤 상상이 안 되잖아? 급한 일이 생기지 않으면 전화할 상황이 아니라서 나도 모르게 긴장되고 궁금해하며 수화기를 들었다.

"세브란스를 떠난지도 오래돼서 이제 힘도 없는 나에게 급한 입원 부탁이라도 하려나?"

"반갑네, 그런데 이 휴일 저녁에 웬 전화할 일이 있던가? 양평 생활은 이제 어느 정도 적응이 되어가나?"

그런데 황 사장은 양평에서 잘 적응하고 있다며, 오히려 내 안부를 묻는 거야. 내 안부를 물으려고 토요일 저녁에 전화한 것 같지는 않았지만, '별고 없다'라고 했더니, 선뜻 말을 하지 않고 뜸을 들인다.

"전화했으면 용건을 말해야지. 뭐하고 있니?"

황 사장은 조심스러운지 낮은 목소리로 "사실은 경학이 건인데...." 라고 하는 거야. 그래서 나는 대뜸 "경학이로부터 무슨 연락이 왔니? " 라며 반갑게 물었단다. 그동안 연락을 여러 번 취해 봤지만 한 번도 목소리를 들어보지 못 했거든. 그랬더니 황 사장 특유의 차분한 어조로 말하는 거야.

"너도 알다시피 나와 경학이와는 특별히 친한 것은 아니잖아. 그런데 내 핸드폰 번호를 어떻게 알았는지, 경학이 아들이라며 '오늘 아버지가 돌아가셨다'라고 하는 거야. 도대체 이게 어찌 된 일이냐? 동기 회장인 너는 짐작이 가는 데가 있니?"

"그래? 사망했다고? 원인은 뭐라고 하던고?"

"나도 놀라 물어봤지만 '그냥 쓰러졌다'라고만 하고, 자세한 내용은 말을 안 해 주네."

무심한 경학아!

"네가 저 세상으로 갔다는 믿기지 않은 소식에 난 까무라칠 뻔 했다. 이 무슨 청천벽력이냐? 이 편지를 쓰면서도 뭔가 잘 못 쓰는 것은 아닐까하여 조마조마한 심정이다."

지금도 "경학아!"하고 부르면, 장난기 웃는 얼굴로 "나, 여기 있지!" 하고 나올 것만 같아 두렵기조차 하다.

되돌아보니 너를 못 본 지가 5년 정도는 된 것 같다. 그간 빠짐없이 우리 모임에 잘 나오는 네가 어느 날 모임에 아무 연락도 없이 나오지 않고 소식을 딱 끊더구나. 전화를 걸면 신호는 가는데 대답이 없는 거야. 한두 번은 "말 못할 사정이 있겠거니" 하고 이해를 하려고 했단다.

그런데 한 해가 가고 또 한 해가 가도 나타나야 할 너가 보이지 않으니 다른 동기생들도 자꾸 궁금해 했지. 한국은행 출신 동기생들에게 물어봐도 모르겠다는 거야. 나도 혹시나 하고 너에게 전화를 많이 했지만, 통화는 결국 못 했지. 그간 어느 동기생은 100번도 넘게 전화를 했다더구나. 네가 우리의 전화를 안 받은 이유를 너는 알겠지? 너도 참 무심한 사람이다. 아니 보통은 무소식이 희소식이라고 하는데 너의 석연치 않은 연유가 무엇이기에 이렇게 참담한 소식을 죄 없는 아들에게 미루고 영영 우리와는 이별을 고한단 말이냐?

성실한 경학아!

너의 우리와의 이별 연유가 무엇인지 이제 묻지 않으련다. 그저 막연히 생각하면 돈 문제가 얽혀 고생했을 수도 있고, 예상하지 못한 질병으로 쇠약해 천수를 다하지 못한 경우도 있을수 있지만, 때가 되면 우리가 궁금해하는 이유가 조금은 알려지게 되겠지? 그리고 네가 먼저 간 길은 언젠가 우리도 가야 하는 길이기에, 그저 바라볼 뿐이다. 다만 100세 시대에 70도 안 되어 너무 빨리 가는 네가 섭섭해서 그래. 우리는 청년도 아니지만 노인은 더더구나 아닌데 생각하면 할수록 정말 가슴이 아파져 온다.

특별히 네가 나에게 말을 한 적은 없지만, 너도 서울 출신이 아닌 시골인 문경에서 태어나 수재 소리 들으며 고향 사람들로부터 기대도 컸을 테지. 나도 시골 출신이라 짐작이 되기에 하는 말이다. 너는 성격도 좋은 데다, 바둑, 골프, 등산은 물론이고 해박한 상식으로 겸손하게 우리 동기생들과 잘 어울렸지. 그런데 이제 와 앞으로는 영영 그렇게 할 수 없다니 가슴이 저미어 오는구나!

의리의 경학아!

약 30년 전 네가 한국은행 홍콩 지사에 근무하던 때였다. 그간 굳게 닫혔던 우리 국민의 해외여행이 88서울올림픽을 계기로 풀어졌을 때, 나는 일본에 이어 두 번째로 단독 여행을 한 것이 대만-홍콩-마카오였다. 기록을 찾아보니 1992년도 7월 말이더구나. 홍콩어는 물론이고 영어도 서툰 상태에서 정보도 없이 겁도 없이 묵을 숙소도 정하지 않고 해외로 떠난 일종의 도전 여행이었지. 서울로 돌아올 항공권도 예약하지 않은 채 그야말로 무식하게 간 여행이었지. 대만을 여행하고 홍콩으로 떠났는데, 홍콩 비행장에 내리니 머리가 하얘지며 아무 생각이 안 나더구나. 다만 네가 홍콩에 근무한다는 것은 알고 전화번호를 미리 챙긴 것이 천만다행이라고 할수 있었지.

핸드폰이 없던 시절이라 공중전화기로 "플리즈, 체인지 코리언 이경학(Please change, Korean K.H.Lee)"이라고 말하려 하는데, 입에서는 서툰 영어로 "Hello!, I want to...."라고 한다. 이에 수화기에는 남자 직원이 "웨이 웨이....."라고 하는데, 바빠서 '기다려(wait!)'라고 하는 줄 알고, "에스(yes)"라고 하고선 아무 말 없이 마냥 기다렸단다. 두어 차례 반복한 뒤에야 겨우 너와 연결이 되었다. 그래서 네가 근무하는 한국은행 지사 사무실을 찾을 수 있었다. 이 때 '웨이'란 홍콩어로 '여보세요.'라는 뜻이라는 것을 알고 한바탕 웃었었지.

인상 깊었던 모습은 당시 서울의 어느 대기업 사무실이든 외부인이 통제받지 않고 마음대로 출입할 수 있었던 것에 비하면, 홍콩의 사무실은 문마다 비밀장치가 설치되어 외부인은 출입허가 없이는 들어갈 수 없도록 보완이 잘 돼 있었다. 그 후 마카오 등지를 돌아, 생전 처음 이따리아노 항공사의 비행기를 타고 무사히 귀국하였는데, 너의 도움이 없었다면 고생을 엄청나게 할 수 밖에 없을 여행이었다. 지금도 그 때의 후의에 대한 고마움을 잊을 수 없다.

친절하고 부드러운 경학아!

또한 2009년 4월경이다. 격년제로 가던 우리 동기 모임을 문경 일대로 했던일 기억하지? 총무인 내가 혼자서 1박 2일을 준비하느라고 바쁘다 하니, 네가 너 고향으로 간다며 좋아하면서 도와주고, 현지에 가서도 가이드 없이 네가 성심껏 설명을 해 주던 일이 주마등처럼 떠오르네. 특히 연개소문 영화 촬영 세트장, 고 박정희 대통령 문경 교사 시절의 하숙집 등에 대한 설명은 지금도 아련히 생각난다.

옛말에 "길이 멀어야 말의 힘을 알 수 있고, 사람은 오래 지내봐야 그 사람의 인품을 알 수 있다."라고 하는데, 우리 대학교 73경제과 단톡 방에는 너를 아쉬워하고 그리워하는 댓글로 가득하구나! 동기생 3명의 댓글만 인용해 본다.

"경조사 때 항상 보이던 친구가 한동안 볼 수가 없어 무슨 일인가 했는데, 안타깝다. 삼가 고인의 명복을 빕니다." (강건)

"너무나도 뜻밖의 슬픈 소식, 함께한 좋았던 날들이 떠오르네. 삼가 고인의 명복을 빕니다. (김철희)"

"이제부터 편히 쉴 시간인데 너무 빨리 가네요. 삼가 고인의 명복을 빕니다." (손일태)

댓글을 보면서 내 머릿속엔 서산대사(西山大師)의 해탈시 한 구절이 떠올라 인생무상이 머릿속을 복잡하게 만드네그려. (1~4연 생략)

(5연)
다 바람 같은 거라오 뭘 그렇게 고민하오.
만남의 기쁨이건 이별의 슬픔이건 다 한순간이오.
사랑이 아무리 깊어도 산들바람이고
오해가 아무리 커도 비바람이라오.
〈 중략〉

(12연)
삶이란 한 조각 구름이 일어남이오
죽음이란 한 조각 구름이 스러짐이다.
구름은 본시 실체가 없는 것
죽고 살고 오고 감이 모두 그와 같도다.

존경하는 고 이경학 학형!
이제 편지를 줄일까 하오. 저를 포함해서 다른 73경제 동기생들도 유사 이래 한 번도 경험해보지 못한 코로나 상황에도 불구하고, 함께 신촌장례식장 빈소에 직접 와 함께 조문과 슬픔을 나누고 있네. 슬픔으로 목이 메인다. 그러나 그 슬픔이 사모님과 자녀들만큼이나 하겠니? 부디 저 세상에선 육체적으로나 심정적으로 고통 없이 고이 잠들길 바라네!

2021년 1월 24일, 연세대학교 73경제학과 동기생 정병수 올림

〈PS〉 장례가 끝난 후 이경학의 따님 이영주님은 73경제과 단톡방에 정중한 인사말을 남겼다.

"안녕하세요? 이경학의 딸 이영주입니다. 아버지께서 정말로 사랑했던 친구 분들이 아버님의 마지막 가시는 길에 함께 해 주셔서 조금은 편안한 마음으로 좋은 곳에 가셨으리라 생각됩니다.

한 분 한 분 찾아뵙고 인사드리는 것이 도리이지만 그렇지 못함을 너그러이 양해해 주세요. 바쁘신 중에도 저희 가족에게 주신 사랑과 위로에 감사드립니다. 항상 건강하시고 댁내 평안하시기를 빕니다."
(2021.1)♣

5.

쓸개 빠진 남자가 되고 보니

2주 전부터 설사와 복통으로 불편했지만, 여름이 오는 '더위 탓'이겠거니 하며 대수롭지 않게 여겼다. 가정 상비약인 정로환을 몇 알 먹었더니, '언제 그랬냐?'는 듯 속이 편해진다. '그러면 그렇지, 큰일이야 있겠어? 그런데 밥맛이 옛날 같지 않네.'라며 혼자 중얼거렸다. 그런데 아내가 나의 독백을 들은 모양이다.

"여보, 그러지 말고 큰 병원에 가 봐요! 이번에는 위 내시경과 장 내시경 검사는 물론 췌장 초음파 검사도 해 보시죠. 당신! 언제까지 청춘이라고 오판하지 마세요."

"여보! 비록 내가 청춘은 아니지만, 5년 전에도 검사하고 또 3년 전에도 종합 검진을 했소, 그때 의사 선생님은 위(胃) 용종 3개 제거한 것 외에는 당뇨, 혈압, 고지혈 등이 모두 정상이라고 분명히 말했거든요."

사실 언제부터인가 큰 병원에 가면 절차도 번거롭고 이런저런 검사도 많이 하는 것 자체가 스트레스인 것 같아, 절차도 간단하고 친절한 동네 병원을 선호하고 있었다.

동네 병원의사는 배부분 "혈압도 정상이고, 특별한 것 없습니다. 이제, 쉴 나이입니다. 가능한 한 웃으며 사세요. 약은 3일 치를 처방했습니다." 라며 안심시키는 편이다.

그런데 동네 병원을 다닌 지 2주가 되는데도 컨디션도 안 좋다. 약간 이상한 생각이 든다.

'혹시 암인가? 그건 말도 안 돼!'라고 자문 자답을 하지만 결국 아내의 등쌀에 강남세브란스병원을 찾았다. 코로나 때문인지 병원에 들어가는 것 자체가 국경을 통과하듯이 삼엄하다. 소화기 내과 명의 선생님으로부터 장 정결제 등을 처방받아 2주 후에 진료하기로 하고 나왔다. 그런데 3일 후 배가 아프기 시작하더니 참기가 여간 힘든 것이 아니다. 급기야 토요일 밤 11시에 응급실로 갈수 밖에 없을 정도로 아파온다. 응급실에 도착해 들어가려니까 응급실 간호사가 열을 체크하더니, 38도 5부란다. 이 상태론 응급실을 들어갈 수가 없다며, '코로나 19'가 음성이란 의사 확인서를 받아오라는 것이다. 119로 연락하니 삼성서울병원에 가보라는 것이다. 비는 추적추적 내리고, 배는 참기 어려울 정도로 아픈데도 코로나 병균 성질상 밀폐된 공간에서 이런저런 검사를 했다. 검사를 마치니 새벽 4시다.

"결과가 나오려면 5시간 정도 소요되므로 집에 가 기다리시죠. 결과는 문자로 통보해 드리겠습니다."

병원에서 기다리기 보다는 집이 편안할것 같아 집으로 향했다. 몸은 피곤한데 긴장된 탓인지 잠이 오지 않는다. 뜬눈으로 기다리니 아침 8시가 되자, "축하합니다. 음성입니다."라는 문자 메시지가 핸드폰에 나타난다. 그제서야 마음이 놓인다. 당연하다고 생각했지만, '코로나 음성'이라고 하니 새삼 기분이 좋아지는 느낌이다.

일요일을 어떻게 보냈는지 모르겠다. 비몽사몽으로 버틴 후, 새로운 한 주가 시작되는 월요일 아침이 되자 입원하라는 연락을 받았다. 환자복으로 갈아입자 마자, 예상대로 X 레이 촬영, CT 촬영 등 일련의 검사가 계속된다. 어느덧 저녁 8시가 되었다. 내일 검사할 위 내시경과 장 내시경을 위해 장 정결제를 마실 시간이다. 그런데 간호사는 의사의 지시라며 마시지 말라고 한다. 9시가 되어도 10시가 되어도 대답은 한결같다. 그때야 '이건 단순한 문제가 아니구나.' 싶었다. 아니나 다를까? 보호자를 찾는다. 그리고 4-5명의 의사가 침대 주위로 몰려든다.

"환자님, 죄송합니다만, 저희는 외과 의사들입니다. 담낭(쓸개)염이 매우 심각하여 보호자가 오시는 대로 바로 수술해야 합니다."

당초 내과로 입원했다가 졸지에 외과 환자가 된 것이다. 아내가 도착하자, 수술을 위한 절차가 일사천리로 진행된다. 새벽 1시가 넘었다. 침대에 누워 있는데 '숨을 크게 들이마시세요.' 라고 한 말을 기억하는 것으로 잠시 이 세상과 이별한 것이다. 물론 천당도 지옥도 보지 못했다. 약 1시간 후 마취에서 깨어나니, 아내가 눈시울이 벌건채 울먹이고 있는 것을 느낄수 있었다.

집도한 의사들 중에서 연장자인 듯한 분이 주치의사인듯 한데, "복강경(腹腔鏡) 수술로 염증이 심한 쓸개를 제거한 사람이 저입니다. 천만다행입니다. 조금 늦었으면 큰 고생을 할 뻔했습니다. 수술이 잘 되었습니다."라고 한다.

내가 수술했다는 소식을 들은 친구 철환은 자못 진지하게 아래와 같은 내용의 글을 카톡에 올렸다.

"우리는 주위에서 채신머리없이 나대는 사람을 쓸개 빠진 놈이라고 한다. 그런데 알고 보면 쓸개 없는 사람이 생각보다 많다. 우리 대학 친구 중에서도 더러 있다. 농담이라며 던진 한마디가 당사자에겐 치명적인 상처가 될 수 있으니 주의를 바란다. 우리 동기생들의 호프인 정병수도 며칠전에 담낭 제거 수술을 한 모양이다." 나를 배려한 속 깊은 글에 감사하지 않을 수 없다. 이제 '쓸개 없는 그룹'에 내 이름을 올렸다. 웃어야 할지 울어야 할지 모르겠다. 담담히 받아들일 수밖에 더 있겠는가?

'명예도 돈도 좋지만 건강이 제일 중요하다.'라는 것을 이번 수술로 새삼 절실하게 느꼈다. 스스로 위안을 삼는것은 '일병(一病)은 장수하나 무병(無病)은 단명한다.'라고 하는 말이다.

"형제 자매님들! 그리고 친구들이여! 이번 쓸개 수술에 걱정해 줘 고맙소. 하지만 슬퍼할 것까지는 없소! 쓸개 없는 것은 생각이 없어지는 것이 아니라, 그토록 고통스럽다는 담석(膽石)을 원천적으로 제거하는 것이고 덤으로 인생관도 재정립할 수 있는 계기도 되었소! 오히려 일석이조(一石二鳥)의 기쁨이기도 합니다." (합천신문, 2020.8) ♣

6.

다시 감사해 오시오

대학 4학년 때 공인회계사에 합격하고 선배 회계사의 주선으로 다음 해 3월부터 모 회계법인에 출근하기 시작했다. 사무실은 당시 서울에서 임대료가 가장 비싸다고 소문이 자자한 서울 시청 앞 모 빌딩이었다. 건물에 들어서니 로비 바닥도 반질반질한 것이 정말 건물을 잘 관리하는구나 싶었다. 로비를 오가는 사람들을 보니 뭐가 그리 바쁜지 종종걸음에다, 모두가 자신만만하고 생기에 차 있는 듯하였다. 회계법인 사무실이 있다는 11층에 내려 복장을 가다듬고 리셉셔니스트에게 오늘 첫 출근하는 회계사라고 말하자, 미리 알고 있었다며 '김태향 회계사'에게 전한다. 선배의 안내로 사무실의 다른 선배회계사들에게도 인사를 드렸다.

"정병수입니다. 잘 부탁합니다."

"반갑습니다. 잘해 봅시다. 기대됩니다." 등등 ….

당시 회계법인의 업무는 주로 증권거래소에 등록된 상장회사(上場會社)나 외국인회사에 나가 회사의 회계처리가 맞는지를 감사하는 것이다. 이런 업무를 하기 위해서는 회계감사 기법, 세법 규정, 경영에 대한 이해가 선결되어야 하기에 초보 회계사의 경우 공부하느라고 쉴 틈이 거의 없다. 퇴근하면 그야말로 녹초가 되어 쓰러져 자기 바쁘고, 새벽이면 졸린 눈으로 다시 사무실을 향하는 고달픈 삶의 연속이다. 의사가 되기 위한 인턴 레지던트의 과정과 비슷하다. 단 효과적인 업무 수행을 위해 초보 회계사들은 내부 실무교육(OJT)을 받아야 한다. 그런 후 클라이언트(Client)라고 부르는 거래처에 나갈 준비를 한다. 다행히도 교육이 끝나자마자 합작 투자회사에 감사할 기회가 있었다. 그 회사는 이론과 실무의 차이를 피부로 느낀 현장 감사였다.

그런데 감사를 마치고 회계법인 사무실로 돌아오니, 대표님은 감사부서에서 세무 부서로 옮겨 일할 것을 권하는 것이 아닌가? 공치사이지만 여러모로 적임자라고 치켜세운다. 부서 이동을 한 셈이다. 그 후 세무 업무에 빠져, 일한 지 반년이 될 무렵, 예전의 감사부서가 자꾸만 그리워지는 것이다. 남의 떡이 크게 보이는 법이다. 그래서 혹시 감사부서에 감사보조자라도 좋으니 참여할 기회가 있으면 좋겠다는 의견을 피력하자, 기다렸다는 듯이 나를 회계법인으로 처음 인도한 선배 회계사로부터 콜이 왔다.

규모는 작지만 외국회사의 한국지점인데, 감사(監査)를 같이 나가겠느냐는 것이다.

"제가 경험도 부족하고 아는 것도 없는데, 같이 나가 도움이 되겠습니까?"

"정 회계사, 걱정하지 마세요! 그리고 감사업무는 공인회계사로서 언젠가는 넘어야 할 산이므로 공부도 할 겸 해서 나가 봅시다."

그렇게 해서 나는 전년도 감사 조서도 읽어보고, 피감사 회사의 주요 영업내용과 조직도 등을 검토하는 등 나름대로 대비를 했다. 소위 예비감사 준비를 한 셈이다. 드디어 책임회계사(in-charger)와 같이 지점으로 나갔다. 지점장과 우리 책임회계사 두 분은 이미 잘 알고 있는 듯했다.

"정 회계사. 인사하세요. 이분은 박00 지점장이고요, 이쪽 분은 회계 등 재무를 맡고 있는 황00 매니저(manager)입니다. 그리고는 나를 소개한다. 저와 함께 온 회계사는 정병수라고 하는데 유능한 분입니다. 다만 회계감사 경험은 많지 않아 여러분의 협조가 많이 필요합니다. 협조하여 주세요."

이후 책임 회계사는 지점에 대한 전반적인 사항을 체크하더니, 오후 4시쯤 신참인 나에게 나머지 감사업무를 잘하고 오라며 회계법인으로 돌아가 버리는 것이다. 나로선 전혀 예상하지 못한 돌발 사태를 맞은 셈이다. 갑자기 가슴이 답답하고, 업무를 어떻게 처리해야 할지 머리가 멍해진다. 같은 일을 하더라도 책임자가 옆에 있고 없고가 확연하게 구별되는 순간을 경험한 것이다. 나는 망망대해에 떠 있는 돛단배처럼 중심을 잡지 못하고 멍하니 있다가 겨우 정신을 가다듬었다.

"정신을 차리자. 그리고 대학에서 배운 것을 생각하며 어떻게 해서든 감사보고서를 작성할 정도로 최선을 다해 보자!"

이렇게 해서 3일간 부지런히 감사도 했지만, 분에 넘치는 대접도 받았다. 감사가 그런대로 잘 되었는지 몰라 약간은 불안한 마음으로 사무실로 귀환했다.

“선배님, 클라이언트에서 협조를 잘 해줘서 무사히 감사를 마치고 왔습니다.”

“수고했습니다. 지점장도 정 회계사가 너무 열심히 감사를 해 대답하느라 고생했다 하더군요. 추후 감사한 기록인 감사 조서를 검토한 후에 얘기합시다.”

그 다음 날이었다. 퇴근 무렵인데, 책임 회계사가 보자고 해서 갔더니만, 평소 자상해 보이던 선배님은이 무서운 상사로 돌변해 있는 것이 아닌가?

“정 회계사! 이게 감사라고 한 것 맞아요? 어디에서 감사를 그렇게

하라고 합니까? 그리고 'Hankook Bank'는 어디에서 쓰는 영어입니까? 한국은행은 'The Bank of Korea'란 걸 정말 몰라요? 또 재고 실사 자료는 왜 이리 부족하나요? 이렇게 부실한 감사 조서를 기초로 감사보고서를 쓸 수 없어요. 다시 감사해 오시오."

나는 "죄송합니다."를 연발하며, 고개를 숙이고 있는 것 외에 어떠한 변명도 반론도 할 수 없었다. 결국 다음 날 나는 창피하지만 다시 그 지점으로 가 전후 사정을 말하고 부족한 부분에 대한 감사를 보충하였다. 웬일인지 바쁜 지점장도 나를 위로하며 협조를 아끼지 않았다. 덕분에 이틀 만에 책임회계사가 미진하다고 한 부분에 대해 보완을 마치고 사무실로 들어갔다. 보완한 감사 조서를 조심스럽게 책임회계사의 책상에 올려놓았다. 그 날 퇴근 시간이 되어갈 즈음 책임회계사로부터 보자는 인터폰이 왔다. 가슴이 쿵쾅거린다.

"또 문제가 발견된 건가? 무사하면 좋을 텐데 …. 또 책망을 받으면 동료 회계사들이 나를 어떻게 생각할까?"

애써 태연한 척하며 책임회계사에게로 갔다. 그런데 이게 무슨 변화란 말인가? 책임회계사는 만면에 미소를 지으며, "정 회계사는 역시 멋져요. 감사를 다시 하라고 했을 때, 감사 조서가 다소 부족하기는 했지만 굳이 다시 갈 정도는 아니었소. 그런데도 그렇게 한 것은 정 회계사의 감사에 임하는 태도와 반응을 보려고 했던 것이요. 회계감사를 마치고 철수한 회사에 자존심을 내려놓고 다시 감사를 하러 간다는 것은 회계사로서 대단히 어려운 일이오. 대부분의 회계사는 받아들이기 힘들지요. 사실 정 회계사가 다시 나갈 때 친구인 지점장에게 충분히 설명해 두었지요. 모두 정 회계사의 발전을 위한 프로그램이었어요. 수고했습니다. 앞으로 잘해 봅시다.”

전후 상황을 듣고 나니, 나도 모르게 눈시울이 뜨거워진다. 이런 나의 일화는 회계법인 내 직무교육(OJT) 때 마다 오랫동안 회자하였다. 그 후 존경하는 그 선배와는 끝까지 직장을 함께 하지는 못했지만, 지금까지도 안부를 주고받고 있다. 물론 그 선배는 변함없는 나의 평생 멘토이기도 하시다. (재경 합천문학 제4집, 2021. 5.) ♣

7.

손때 묻은 책과의 이별

언제부터인가 우리 집은 안방을 서재(書齋)로 사용한다. 내가 안방을 서재로 고집해서가 아니라, 안방마님이 집안 공간을 효율적으로 배치하려다 고심 끝에 내린 결론의 결과다. 그렇게 된 주범은 내가 가지고 있는 책이며 내 서류 뭉치다. 집안이 아닌 곳에 별도로 사무실을 구하여 서재를 갖추면 해결될 일이지만, 그럴만한 형편도 안 되고 효용성도 크지 않아 어쩔 수 없이 취한 조치이다. 만약 안방이 아닌 다른 방에 서재를 둔다면 방 하나로는 책과 서류가 넘쳐 감당할 수가 없다. 그래서 '방 하나로 서재를 대신하자.'라는 대안을 생각해 내다 보니, 상대적으로 방이 큰 안방이 서재로 둔갑해버린 것이다. 아내의 의사에 따른 결정이지만, 나로선 아내에게 미안하지 않을 수 없다.

우리 부부는 결혼하여 살면서 지금까지 특별히 약속한 것도 아닌데도 '안 버리는 습성'을 공유하고 있다. 아내는 옷이며 집안 생활용품, 심지어 친정집 유품까지도 장롱 구석구석에 잘 보관하는 편이며, 나도 책이며 서류를 버리지 않고 보관하는 편이다.

그러니 안 버리고 못 버리는 습성은 나나 아내나 오십보백보다. 이런 습성은 버리는 것은 언제든지 가능하므로 단점보다는 장점으로 작용하는 일이 많다. 그런데 해가 갈수록 버리지 못하는 습성이 부담으로 다가온다. 보관과 관리가 만만치 않기 때문이다. 그렇다고 내가 책 수집광이라고 하기까지는 근처에도 갈 입장이 아니며, 오히려 주기적으로 책장을 정리해서 버릴 것은 버리는 편이다. 서재의 양쪽 벽에 붙은 책장도 이중이라 공간이 좁은 것이 아닌데도 늘어나는 책과 쌓이는 서류가 은근히 걱정될때가 많다.

언젠가 쌓인 서류가 눈에 거슬려 작심하고 골라 라면 상자에 버릴 것을 추려냈다. 그런데 때 묻은 책과 이별이 섭섭했던지 한 권 두 권 책장에 도로 꽂다 보니 결과적으로 한 권도 버리지 못하고 제자리에 둔 코미디를 연출했다, 사람과의 이별이든 애완견과의 이별이든 또 무생물인 책과의 이별이든 이별은 모두 슬픈 것같다. 생각해 보면, 슬프지 않은 이별이 어디 있겠는가?

어느 날 서재에 들어서니 책장에 꽂힌 책들이 나를 향하여 볼멘소리를 하는 듯이 보였다.

“우리 주인장은 이상해! 책장에 책이 가득 차 빈틈이 없는데도 자꾸만 새 책을 사 들고 오잖아! 이 건 우리 헌 책들을 무시하는 처사야! 우리도 숨을 쉴 자유와 공간이 필요하단 말이야!”

순간 정신이 번쩍 들었다. ‘그래! 시간이 나는 대로 빽빽이 꽂힌 저 책들을 정리해야겠다.’라고 마음먹었다. 꽂힌 책은 대부분 구매한 것이지만, 증정본도 있고, 내가 쓴 것도 있다. 책과는 달리 서류는 남들에겐 무의미할 수 있어도 나에겐 나름대로 의미와 사연이 숨어있다.

그런데도 버릴 것은 버려야 하는 슬픈 이별을 감수할수 밖에 없는 상황에 도달한 것이다.

책을 사는 것은 아름다운 만남이다. 그런데 그 아름다운 인연을 지키지 못하고 버려야 하는 것은 고통스럽다. 최근에는 전파 미디어의 발달로 문자 미디어인 책이며 신문이 옛날만큼 영향을 주지 못하고 있다. 얼마 전까지만 해도 은퇴 교수가 제자 교수에게 책을 물려주면 그것이 곧 사랑의 선물이자 제자 교수에겐 특별히 자랑할 영광의 증표였다, 그런데 최근에는 노 교수가 은퇴 시 보관한 책을 어떻게 처분해야 할지 골칫거리가 된지도 오래되었다. 물론 귀중본은 예외이리라!

다행히도 얼마 전에 우연히 친구가 운영하는 모 강소기업(强小企業)에 들를 일이 있었다. 둘러보다 보니 회사 사무실 한쪽에 도서실이 있는데, 아직도 채워지지 않은 큰 공간이 눈에 들어왔다. 관련 책임자에게 이 책장에 딱 맞는 책은 아닐지 몰라도 주로 경영에 관계되는 책인데 받겠느냐 하니 오히려 고맙다는 것이다. 나는 책장에서 300여 권을 뽑아 딸 시집보내듯이 전달했다. 그 후 그 회사를 갈 적마다 나는 마치 엄청난 기부라도 한 듯 뿌듯함을 느낀다. 그리고 또 한편으로 이별한 책들에 대한 남모르는 섭섭함과 미안함으로 한참이나 바라다 본다.

"잘 지내! 너희들은 사랑받을 거야. 그리고 나도 종종 들를께!"

서재의 책들을 분양한 이후 이제는 내 책장에도 듬성듬성 빈 공간이 생겼다. 오랜만에 책장의 책도 숨을 쉬는 듯 보인다.

"앞으론 책 욕심은 버려야지. 책과 이별하기도 쉽지 않아서 말이야."

그러나 참새가 방앗간을 그냥 지나치지 못하듯이, 내 버릇이 하루 아침에 달라질 리가 없다. 대형 서점은 물론이고 지하철 간이서점을 지나가기라도 하면 나도 모르게 내 발걸음은 서점으로 향하고 있다. 서점에는 다양한 분야의 책들이 시선을 끈다. 이럴 땐 참 뿌듯하다. 우리 나라가 자랑스럽다. 아마도 이렇게 출판이 풍성한 것은 국민 의식이 향상되었을 뿐만 아니라, 책을 만드는데 필요한 하드웨어와 소프트웨어의 발전도 한몫을 했을 것이다.

오늘도 서점에서 서성이며 '책을 사면 보지 않고 책장에 꽂아 두고 말 테니, 책은 보되 사들이지는 말아야지!' 하면서도, 나도 모르게 책을 들고 계산대로 향하는 어리석음을 반복한다. 아니나 다를까? 집에 가지고 온 책은 겨우 서문만 읽고 책장에 진열품인 양 또 꽂는다. 다만 책을 분양하기 전과는 책장 분위기가 사뭇 다르다. 꽂힌 책이 공기를 마시고 여유가 있어서인지 새로 사 온 책을 반기는 듯하다. 마치 먼 데서 온 친구를 맞이하는 것처럼 말이다. 일찍이 공자가 「유붕자원방래 불역낙호(有朋自遠方來 不亦樂乎)」라고 했듯이, 비록 읽지 않는 책이라도 제목을 보는 것 만으로도 기쁜데 어쩌랴?

(합천신문, 2020.12) ♣

8.

오뚜기 보병대대 사병들에게 고함

오뚜기 부대 사병 여러분!

방금 대대장으로부터 소개받은 정병수입니다. 반갑습니다. 제가 이 시간은 충효(忠孝) 시간으로 알고 왔습니다. 그래서 제가 생각하는 충효(忠孝) 얘기를 하도록 하겠습니다.

첫째, 여러분! 나라 잃은 슬픔이 무언지 생각해 보았나요? 저는 6.25사변 이후에 태어났으므로 군사훈련 경험은 있지만 전쟁을 경험해 보지는 못했습니다. 따라서 전우가 적의 공격으로 쓰러지고 피를 흘리는 장면을 본 적은 없습니다. 그러나 전쟁으로 우리 나라를 잃게 된다면 하는 상상은 해봅니다. 역사적으로 보면 우리나라는 많은 외침을 받았습니다. 병자호란이 그렇고, 일제 통치 36년간은 우리 글이 있어도 쓰지 못하고, 우리 말도 사용 못하고 심지어는 창씨개명 때문에 부모님으로 부터 상속받은 성(姓)도 쓰지 못한 슬픈 역사를 가지고 있습니다.

우리가 평화를 사랑하는 백의민족인데, 왜 그런 꼴을 당해야 합니까? 여러 이유가 있지만 가장 큰 이유는 힘 즉, 국력이 없었다는 점입니다. 프랑스도 한 때는 독일한테 점령당하여 알자스지방에서는 자기 글을 쓰지 못하는 비애를, 작가 알퐁스 도데가 '마지막 수업' 이라는 소설에서 그리고 있습니다. 때문에 여러분은 바로 여러분의 부모님과 형제자매가 나라없는 슬픔을 막아주기 위해 아름다운 청춘을 유보하고 이렇게 고생하는 것입니다.

저는 최근 중국 대련시(大連市)에 갔다 왔습니다. 인천에서 제일 가까운 중국 도시로 비행기로 1시간 거리입니다. 대련시의 아래쪽에 여순(旅順)감옥이 있습니다. 안중근(安重根) 의사가 일본 조선통감인 이등방문(이토 히로부미)을 하얼빈에서 죽이고 남쪽으로 호송되어 투옥되어 있다가 처형된 감옥입니다. 우리나라의 서대문 형무소보다도 더 끔찍한 그 곳에서 안중근 의사는 재판을 받으면서 나라가 없다는 핑계로 변호도 받지 못한 채 단순 암살범으로 처형되었습니다. 그 재판에는 단 한 사람의 조선인도 없었습니다.

사형언도를 받고 사형 집행 시까지 그 짧은 기간에 초인적인 힘으로 많은 글과 붓글씨도 썼지요. 여러분이 잘 알고 있는 "일일부독서 구중생형극(一日不讀書 口中生荊棘)"이라는 글귀도 거기에서 썼습니다. 그 감옥에는 모택동의 친필 '전사불망 후사지사(前事不忘 後事之師)'란 글귀가 감옥입구 벽에 걸려있습니다. 청일 전쟁 때 여순에서만 중국인이 약 6만명 살해되었답니다.

또 윤동주 시인을 기억하십니까? '하늘을 우러러 한 점 부끄럼이 없기를 잎새에 이는 바람에도 나는 괴로워 했다….'라고 사랑하는 서시를 지으신 민족시인 윤동주는 나라 잃은 죄로 생체실험을 당하여 일본 후쿠오카의 차가운 감옥에서 죽었습니다.

이제 충(忠)을 정리해 보겠습니다. 충(忠)을 복잡하게 생각할 것이 아니라 여러분의 부모님과 형제자매를 마음의 중심에 두고 현재처럼 병역의무를 충실히 하는 것입니다. 거창하게 이순신 장군처럼 '달밝은 밤에 수로에 홀로 앉아 큰 칼 옆에 차고 깊은 시름 하는 차에 어디서 일성호가는 남의 애를 끊나니….'처럼 하지 않아도 됩니다. 물론 그렇게 할 수만 있으면 금상첨화이고요.

요새 사회에서는 걱정스럽다고 하면서 우스개 소리로 하는 말이 있습니다. '적화는 됐고 통일만 남았나?'라고 하는 말도 있습니다.(2005.10. 중앙일보 시평에서) 우리를 안심할 수 있도록 여러분이 자기 자리에서 임무를 성실하게 하고 나라를 튼튼히 지켜주시는 것이 충(忠)이라고 할 수 있습니다.

둘째, 효(孝)는 조그마한 것이라도 실천이 중요합니다. 저의 경우 부모님이 돌아가시고 없습니다만, 솔직히 살아계신다고 해도 제 마음과는 달리 효도를 잘 할 것 같지는 않습니다. 왜 그럴까요? 사실 인간의 사랑은 '내리 사랑'이기에 여러분이 아무리 효도를 잘 한다고 해도 여러분의 부모가 여러분에게 하는 사랑만큼 잘 할 수는 없습니다.

그렇다고 여러분들이 효도를 안 해도 된다는 이야기가 아닙니다. 효도는 거창한 것이 아니라 여러분이 처해 있는 상황에서 가능한 부모님의 마음을 헤아려 잘해 보겠다는 마음가짐과 조그마한 것이라도 실천이 필요할 뿐입니다. 저 주위에 이런 분이 있습니다. 참고 하십시요. 부모님께 효도는 해야 하겠는데 지금은 돈도 없고 조금만 더 기다려 주시면 크게 호강시켜주겠다고 마음 속으로 굳게 다짐했습니다만, 그 사이 부모님은 어떻게 되었을까요? 돌아가셨습니다. 무슨 소용이 있겠습니까?

여러분! 아무리 부자라도 돈 쌓아 놓고 살아가는 사람 없습니다. 부자는 부자대로 가난한 사람은 가난한 대로 돈이 없지요. 회사도 마찬가지입니다. 행여 여러분이 취직하면 부모님께 호강해 드릴 수 있을 것이라고 생각하겠지만 쉽지 않습니다. 입사해 월급 받으면 데이트해야지요. 그러다가 장가가면 집 장만하느라 돈 모아야지요. 언제 부모님을 호강시켜 드릴 수 있겠습니까? 집 장만하고 나면 끝입니까? 자식 공부 시키고 결혼 시키고 하다보면 언제나 돈이 없게 돼 있습니다. 그렇다면 어떻게 해야 하느냐고요? 바로 자기가 처해있는 상황에서 전화 한통, 조그만 선물 하나 등 분수에 맞게 실천을 하는 것입니다.

대학 3학년 때 어머님이 돌아가셨는데 학생 신분인 저로서는 아무것도 할 수 없더라구요. 돈이 있습니까? 뭘 알기를 합니까? 그래서 괜히 주위에 있는 사람만 원망스럽더라고요. 그래서 어머님이 돌아가셨을 때 실컷 울었습니다. 그 후 결심을 했습니다. 살아계신 아버님께는 형편 되는 대로 잘 해 드리겠다고요. 그리고 언제 아버님이 돌아가실지 모르겠지만 돌아가실 때에는 울지 않겠노라고. 그래서 정말 울지 않았습니다.

그 후 공인회계사 시험에 합격하고 박사학위도 취득하여 오늘에 이르고 있습니다. 그런 것이 효도라고 생각합니다. 전화 한 통, 말 한마디가 효도입니다. 공인회계사 얘기가 나왔으니 하는 말인데. 사회는 그렇게 만만하지 않습니다. 제가 대학 4학년 때 공인회계사 시험에 합격 한 후 세상을 다 얻은 듯 기뻤는데 그 기간은 불과 1주일도 못 갔

습니다. 왜냐하면 회계법인에 들어가 보니, 저는 아무 것도 모르는 신출내기에 불과했기 때문입니다.

"정말 아는 것이 없구나, 다시 출발해야지!"하는 마음이었습니다. 성경말씀에 네가 작은 일에 충성하였으매 내가 많은 것으로 네게 맡기리니 (마태복음 25:21)하는 구절이 있습니다. 효도도 그런 것입니다. 조그만 것부터 실천하십시오.

마지막으로 여러분의 체력을 위해 술 먹는 애주가(愛酒家)가 아닌 달리기를 좋아하는 "애주가(愛走家)"가 되기를 진심으로 바랍니다. 체력 없이는 전쟁도 공부도 사회생활도, 그 어느것도 마음껏 할수 없기 때문입니다. 체력은 자신감과 국력의 원천입니다. 이상 마치겠습니다.

(이 글은 2005년 당시 저의 둘째 아들이 사병으로 복무하던 오뚜기

부대에서 '병사의 아버지 자격'으로 '충효(忠孝)시간'에 강의한 내용을 요약한 것입니다) ♣

4부

자연과 역사를 찾아서

1.

여행의 필요조건과 충분조건

살아가면서 우리는 우연히 만난 사람과 인연이 될 수도 있고, 때로는 업무상으로 만났으나 비즈니스 이상의 좋은 인연을 맺게 되는 경우도 있다. 우연히든 업무상이든 처음에는 대개 날씨나 가벼운 주제로 시작하다가 조금 친분이 쌓이면 고향이 어디인지 자녀는 몇 명인지 등등의 대화로 진전된다. 때로는 취미생활이 무엇인지 묻기도 한다. 유유상종(類類相從)인지라 같은 취미를 갖고 있다면 화제가 훨씬 부드러워질 것이다.

물론 취미는 사람마다 다양하다. 흔히 등산이나 골프 등 운동을 드는 경우가 일반적이지만, 간혹 그림, 악기연주, 승마, 자동차레이싱 등 좀 고상한 취미를 들 때에는 약간 당황스럽지만 부럽기도 하다. 시대에 따라 취미의 흐름도 변하고, 동 시대에도 연령층에 따라 다르기 마련이다. 우리나라의 경우 20세기 후반을 오면서 경제적으로 여유가 생기면서 남녀노소 불문하고 가장 흔하게 드는 취미는 아무래도 여행이 아닌가 싶다. 나도 예외는 아니어서 대화 상대의 취미가 여행이라고 하면 반사적으로 호기심을 갖게 된다. 그래서 다녀온 여행지 중 좋았던 곳을 들으면 호기심이 발동되고, 상상의 나래를 펴 행복감에 젖어 들기도 한다. 때로는 그곳이 나의 다음 여행지로 채택되기도 한다.

여행은 초등학생 시절에 잠 못 들고 기다리던 소풍과 같다. 명심보감 효행 편에 공자는 "부모가 계실 때에는 멀리 떨어져 놀지 말 것이며, 놀 때는 반드시 그 가는 곳을 알릴지니라(子曰 父母在 不遠遊 遊必有方)."라고 했지만, 여행지에서 일어날 예상을 하면 상상만으로도 좋다. 특히 아직 가보지 못한 미지의 세계에 막상 가보니 기대 이상의 경치나 즐거움을 가져다주면 추억의 보석이 된다.

최근에는 4계절 구분 없이 여행을 많이 하는 듯하다. 그만큼 우리나라의 소득수준이 높아졌을 뿐만 아니라, 여행에 대한 국민의 인식도 많이 변화된 탓이다. 여행이 자유화되기 시작한 20여 년 전만해도 여행보다도 비행기를 타고 다른 나라에 가 본다는 그 자체에 많은 의미를 부여하다 보니 여행이라는 본질과는 달리 쇼핑 등에 더 신경을 쓴 경우도 있었으리라.

어쨌든 여행을 잘하기 위해서는 필요조건과 충분조건이 갖춰져야 한다. 먼저 내가 생각하는 필요조건은 해외여행을 떠날 수 있는 환경적 조건을 말한다.

첫째는 시간이 있어야 한다. 아무리 여행을 하고 싶어도 직장에 얽매여 시간이 허락하지 않으면 불가능하기 때문이다. 그래서 직장인이라면 휴가 기간에 맞춰 여행 스케줄을 짜는 것이 좋다. 물론 시간이 있다고 다 되는 것은 아니다. 있는 시간을 효율적으로 사용할 지혜가 필요하다. 하루 24시간은 누구에게나 공평하게 주어진다.

둘째, 여행경비를 충당할 재정적 여유가 있어야 한다. 여행경비가 많이 소요되는 크루즈여행 등은 제쳐두고라도 여행경비가 생활에 지장을 주지 않을 정도의 경제적 여유는 필요하다. 물론 특별한 여행을 위하여 적금을 미리 들 수도 있지만, 실행이 쉽지 않다. 더구나 평생에 한 번 갈 수 있을 정도의 큰 여행은 과감한 결단이 요구되기도 한다.

내가 아프리카와 남미를 갈 때엔 결단이 필요했다. 당시 1인당 1,500만 원의 공식 여행경비와 250만 원 정도의 사적 여행비가 소요되는 여행을 부부가 함께 간다면 약 3,500만 원이 소요되기 때문이다. 이럴 땐 돈과 삶의 질 중에서 무엇을 택할지에 대한 과단성 있는 결단이 요구된다.

셋째, 체력이 따라 주어야 한다. 여행은 관광여행이든, 다른 목적의 여행이든 또 단독여행이든 단체여행이든 일단은 움직임으로 시작하는 것이므로 걷고 움직이는 데에 지장이 없을 정도의 체력이 요구된다. 만약 그렇지 못한 경우, 여행은 고사하고 오히려 낭패를 볼 수 있기 때문이다. 그래서 예부터 '노세 노세 젊어서 노세'라고 하기도 하고, 보생와사(臥死步生)라 하여 걷기를 중요하게 생각했다.

한편 여행의 충분조건이라 함은 여행지(旅行地)에서 알차게 여행을 즐길 수 있는 여건을 말한다.

첫째는 잠을 잘 잘 수 있어야 한다. 집 밖에 나오면 아무리 좋은 호텔이라도 잠을 못 이룰 만큼 예민하거나, 시차(時差)를 적응하는데 너무 많은 시간이 소요되는 경우 피곤해서 여행을 즐길 수가 없다. 5성급 호텔이든 여인숙 같은 곳에서든 잠을 잘 자야 덜 피곤하고 그 상태에서 여행을 즐길 수 있다.

둘째, 현지 음식을 잘 먹을 수 있어야 한다. 해외여행에 있어서 즐거움 중의 하나는 그 나라의 고유한 음식을 맛보는 것이라 할 수 있다. 간혹 현지 음식이 마음에 들지 않는다고 하여 국내에서 가져간 라면 등으로 끼니를 때운다면 진정한 해외여행이라 할 수 없다. 설혹 현지 음식이 입에 맞지 않는다고 하더라도 먹어보려고 시도하는 용기가 필요하다.

현지 음식에 향료가 들어가 먹기 불편하더라도, 맛을 보는 유일한 기회라고 여기면 입맛에 맞지는 않아도 맛있게 시식할 수 있다.

셋째, 호기심이 많아야 한다. 여행지에 대해 미리 해당 지역의 역사나 문화에 관하여 공부를 하고 난 뒤, 현지에서 가이드의 설명 등으로 확인하는 마음으로 여행한다면 지적 호기심을 발휘하는 진정한 알찬 여행이 될 수 있을 것이다.

알찬 여행을 위해서는 언어에 대한 준비도 중요하다. 오늘날 국제 공통어라고 할 수 있는 영어를 간단하게라도 구사할 수 있다면 더욱 더 아름다운 추억의 여행이 될 것이다. 백문불여일견(百聞不如一見)이라는 말이 있다. 여행이 바로 이에 해당한다. 이상의 필요조건과 충분조건을 잘 기억하여 여행하고 아름다운 삶을 꾸려나가자. 그것은 인간관계를 만들어가는데도 매우 중요하다. (2012.8.) ♣

2.

연락선으로 간 강화 교동도

교동대교(喬桐大橋)는 강화도와 교동도를 잇는 다리이다. 2008년 9월 착공하여 2014년 7월 개통한 사장교(斜張橋)로 길이 3.44km인 2차로이다. 아래 글은 교동대교가 건설되기 전인 2012년도에 배로 건너간 나의 이야기다.

언젠가 비지니스 식사 자리에서 연산군이 화제에 올랐다. 그런데 그 자리에 강화도 교동이 고향인 후배가 같이 있었다. 후배는 고향을 떠난 관계로 연산군 유배지를 본 적은 없지만, 방문한다면 교동의 가이드를 자원하겠다는 것이다. 후배는 가이드를 핑계로 고향에 홀로 계시는 어머님도 뵐 요량이었던 모양이었다. 그동안 전등사가 있는 강화도 본섬과 보문사로 유명한 석모도는 몇 차례 가보았지만 교동과는 인연이 없었다.

좋은 기회를 놓치기 아쉬워 고교 친구인 현제와 함께 아침 일찍 강화도 창우리 선착장으로 향했다. 날씨가 좋아서인지 교동의 관문인

월선포로 향하는 연락선 위에서 보이는 북한 땅이 선명하게 한눈에 들어온다. 서서히 교동이 최전방임을 몸으로 느낄 즈음, 후배는 내 맘을 읽었는지 교동과 연백평야 사이의 바다 물살이 워낙 거세기 때문에 안보에 대해서는 걱정할 필요가 없다며 안심시킨다.

드디어 첫째 목적지인 교동 향교에 도착했다. 입구의 홍살문이 일행을 반갑게 맞이한다. 향교는 대체로 언덕배기에 있거나 마을에서 좀 벗어난 곳에 있기 마련인데, 교동향교는 화개산(華蓋山) 남쪽 그저 평탄한 양지에 위치해 있다. 첫인상은 다른 지역의 여느 향교와 비슷하다. 오히려 시골 새색시처럼 더 수수한 느낌을 준다.

향교가 우리나라에 도입된 것은 유학자 안향이 원나라에 갔다가 공자의 초상화를 모신 이후라고 한다. 이곳 교동 향교는 고려 인종 때 창건된 것이다. 오늘날 대략 천년이 된 우리나라 최초의 향교이다. 이전과 중건 등을 거쳐서 그런지 규모도 관리도 기대에 못 미쳤다. 개성과 한양을 제치고, 이 교동에 최초의 향교를 설립한 것이 쉽게 이해되지 않은 듯, 찾아오는 이도 많지 않은 것 같다. 문도 굳게 닫혀있다.

그래도 궁금하여 까치발을 하고 담장 안을 들여다본다. 향교는 유생들이 학문을 배우는 공간으로써 지금의 공립 고등학교에 해당한다. 강학장소인 명륜당(明倫堂)이 맨 앞에 배치되고, 그 좌우로 오늘날 기숙사 격인 동재(東齋)와 서재(西齋)가 마주하고 있다. 명륜당 뒤에는 공자와 그의 제자인 안회를 모신 대성전이 위치하고, 좌우로 동무(東廡)와 서무(西廡)가 마주하고 있다. 우리나라 향교는 건물 배치가 정형화되어 있다. 그렇다면 그 전형적인 건물배치의 모형이 이곳에서 유래된 것일까? 대답하는 이 없으니 알 길도 없다. 다만, 그렇겠지 하고 추측할 뿐이다.

향교를 뒤로하고 조금 걸어가니, 향교 비슷한 절이 나타난다. 화개사(華蓋寺)이다. 기록에 의하면 고려 시대 목은(牧隱) 이색(1328~1396)이 한 때 여기서 독서를 즐겼다고 한 유서 깊은 절이건만, 지금은 비구니 3명만이 수도에 정진할 뿐이란다. 왠지 쓸쓸한데, 한쪽 귀퉁이에 있는 팔각 원당형 부도 1기만이 찬란했던 옛날을 말없이 증언하고 있다.

약간은 실망했지만, 어차피 교동에 온 주된 이유는 이 화개산 너머에 있다는 연산군 유배지를 보는 것이 아닌가? 우리 일행은 등산로를 따라 해발 269m의 화개산 정상을 향해 오르기 시작했다. 우리를 제외하고는 아무도 보이지 않는다. 등산로엔 가을 낙엽이 수북이 쌓여 있다. 사각사각 낙엽 밟는 소리와 추억을 담고자 터트리는 카메라 셔터 소리 그리고 간혹 들려오는 산새들의 지저귀는 소리만이 정적을 깬다. 나는 마음속으로 레미 드 꾸르몽의 '낙엽'이란 시 한 구절을 흥얼거려 본다.

"시몬, 너는 좋으냐? 낙엽 밟는 소리가"

어느새 화개산 정상에 오르니 교동의 전경이 한 눈에 들어온다. 간척지라 그런지 넓은 평야가 펼쳐지고, 군데군데 저수지가 보석처럼 반짝인다. 교동은 강화군에 속한 무수한 섬 중에서 강화 본섬 다음으로 큰 섬이다. 바다 건너 북한 땅엔 연백평야 한 귀퉁이와 낮은 산들이며 사람이 사는지 안 사는지는 모르지만 모양이 엇비슷한 집들이 손에 닿을 듯이 서있다. 그런데도 가기에는 너무나 먼 우리의 동토라니 믿어지지 않는다. 아무렴 사는 동안 '한 번쯤 갈 수 있으면 좋으련만!

….' 하며 생각에 잠겨있는데, 친구도 이심전심인지 긴 한숨을 쉰다.

두 번째 목적지인 연산군 유배지를 향하여 걸음을 서둘렀다. 하산 도중 우물이 있어 표주박으로 물 한 모금을 마시니 물맛이 좋아 가슴이 시원하다. 올라오는 등산객에게 물어보니 연산군 유배지가 여기서 멀지 않단다. 드디어 표지석이 눈에 들어왔다. 연산군의 유배지로 추정되는 곳이다.

연산군(재위 1494~1506)은 조선의 10대 왕으로 성종의 첫째 아들이었다. 생모인 윤 씨가 폐비 되어 사약을 받고 죽은 것을 왕이 된 후 알게 되자 피비린내 나는 복수극을 벌였다. 무오사화, 갑자사화가 그것이다. 그러다가 재위 12년 만에 왕위에서 쫓겨나 연산군으로 강봉되어 이곳 교동에 유배된 것이다. 그것도 산자의 무덤이라고 하는 위리안치(圍籬安置)의 형벌을 받고서 말이다. 죄인이 도망가지 못하게 유배소 둘레에 가시가 있는 탱자나무를 둘러 심고, 조석거리는 10일에 한 차례만 주었으며 외부인과는 일절 만나지 못하게 하는 형벌이다.

그것이 비록 연산군이 저지른 죄에 비교할 수야 없겠지만, 한 나라의 임금으로 있던 자로서 이 벌은 얼마나 견디기 힘들었을까? 전해지는 말에 의하면 지나가는 종에게 연산군이 자기가 왕이었다고 하니 네가 왕이면 나도 왕이라며 발길질을 하였다 한다. 결국 연산군은 제 성질에 못 이기고 병도 들어 2달 만에 31세로 생을 마감했다. 바로 그곳이 인적이 드문 화개산 북쪽의 음지였다. 하필이면 향교와 서원의 유생들을 극도로 탄압한 연산군이 우리나라 첫 번째 향교가 창건되고 첫 번째 유생이 배출되었을 교동에서 위리안치 당하여 생을 마감했다니 이 얼마나 아이러니한가?

강화의 교동은 조선 시대 왕족의 단골 유배지였던 모양이다. 연산군 외에도 세종의 3남 안평대군, 선조의 첫째 서자인 임해군, 조선 15대 왕인 광해군 그리고 흥선대원군의 손자 이준용 등 무려 11명의 왕족이 강화 교동에 유배된 후 풀려나거나 사사되었다고 한다. '차라리 왕족으로 태어나지 않았더라면' 하고 가정을 해 보지만 죽음 앞에 선 왕족을 생각하니 나도 모르게 숙연해진다. 목적지 연산군의 유배지 흔적을 더듬다 보니 일행은 그만 말이 없어진다.

서둘러 후배 집에 도착했다. 마치 잔치 분위기이다. 객지에 사는 형제자매가 김장을 위해 모두 모인 모양이다. 보기가 좋다. 나도 고향 집에 온 느낌이다. 김장한 직후라 점심도 기대된다. 아니나 다를까? 간척지 논에서 해풍을 맞으며 수확한 햅쌀밥에다 방금 버무린 김장김치에다 보너스로 교동 고구마와 순무가 맛깔스럽게 두레상에 차려져 나온다. 센스 있게 준비한 막걸리는 더욱 미각을 돋운다. 제각기 오늘 직접 방문해, 눈으로 확인하고, 가슴에 새긴 이미지를 얼큰한 막걸리에 풀어 놓는다. 분위기가 무르익는다. 이런 것이 사람 사는 맛과 멋이 아니겠는가? 막 약간 취기가 도는데, 물때에 맞추어 배를 타야만 서울로 갈 수 있다기에 아쉬운 이별을 할 수밖에 없었다.

비록 한나절의 짧은 시간으로 탐방한 여정이지만, 많은 여운이 남아 다시 꼭 찾아보리라 다짐했었다. 그런데 약속을 지키지 못한 채 벌써 1년이 지났다. 그런데도 그때의 교동 잔상이 아직도 남아있음은, 교동이 나에게 준 강한 흡인력 때문이 아닐까? 내년에는 반드시 다시가 봐야지 하고 다짐해본다. 그렇지 않으면 두고두고 후회할 것이기

때문이다. (수필문학, 2018.3.)♣

3.

제중원 터를 찾아

올해는 유난히 봄을 시샘하는 꽃샘추위가 기승을 부렸다. 그래도 봄은 어김없이 찾아와 교정에는 목련, 개나리, 진달래와 벚꽃 등이 한창이다. 캠퍼스에 만개한 꽃들을 보고 있노라니 나도 모르게 회상에 잠긴다. 연세대학은 1885년을 시작으로 올해 창립 128주년을 맞았다. 128년 전 모교가 시작되던 곳의 봄은 어땠을까? 문득 그곳을 가 보고 싶었다.

안국역 2번 출구에서 100m 정도 가면 우람한 헌법재판소가 보인다. 이곳이 재동(齋洞) 35번지인데, 조선 시대 북촌(北村)의 길목이다. 헌재(憲裁) 정문에서 우측 뒤로 들어가면 600년이 더 된 백송(白松)이 마중한다. 그리고 백송 앞에는 박규수 집이라는 표지석과 제중원 터라는 표지석이 보인다.

표지석이 일러주듯 이곳은 한때 연암 박지원의 손자이자 개화사상가의 스승이었던 박규수의 집이었다. 박규수의 제자였던 홍영식도 이사하여 옆집에 살았다고 한다. 그러나 홍영식의 집은 그리 오래가지 못했다. 이유는 1884년 12월에 일어난 갑신정변 때문이었다.

당시 우정국의 총판인 홍영식은 개국 축하연을 연 자리에서 김옥균, 박영효 등과 함께 일본식 부국강병을 추구하며 갑신정변 쿠데타를 일으켰다. 그러나 3일 만에 쿠데타가 실패하면서 홍영식은 처형되고 그 집은 조선 정부에 몰수되었다.

하나님의 섭리였을까? 선교사 알렌(H. N. Allen)이 쿠데타에 칼을 맞은 명성황후의 조카 민영익을 치료하여 고종의 신임을 얻게 된다. 1885년 3월에 고종은 건물 뼈대만 남은 홍영식의 집에 우리나라 최초의 병원인 광혜원(廣惠院)을 윤허하였다. 그 이름은 12일 후에 제중원(濟衆院)으로 바뀌었지만, 바야흐로 연세의 역사가 시작된 것이다.

그 후 제중원은 1887년에 제동을 떠나 구리개(銅峴)로 이전하였다. 구리개라는 지역은 현 명동성당과 외환은행 본점 사이로, 당시의 땅이 멀리서 보면 구릿빛 색깔로 보인다는 뜻에서 구리개로 불렸다고 한다.

다시 제중원은 사업가이며 회계사였던 세브란스(Louis Henry Severance)의 도움으로 1904년에 남대문(숭례문) 바깥 지금의 연세재단 세브란스빌딩과 힐튼호텔이 있는 복숭아 골 일대에 병원을 신축하여 세브란스병원이라 이름 붙였다. 그 후 연희대학교와 세브란스의과대학이 1957년에 합병하여 연세대학교로 태어났다. 1962년에는 서울역전의 세브란스병원마저 신촌으로 이전함으로써 오늘날의 연세 캠퍼스로 완성된 것이다.

제중원이 구리개로 떠난 후 그곳은 어떻게 되었을까? 1910년에 경기여고의 전신이 들어섰다. 해방 후에는 경기여고가 옮겨가고 다시 창덕여고가 들어왔고, 6.25전쟁 때는 미8군 기지로도 사용되었다. 그리고 현재는 헌법재판소로 사용되고 있다. 그 사이 제중원은 사라졌는데, 언제 어떻게 없어졌는지는 명확하지 않다니 아쉽다.

다행히 제중원과 함께 따스한 햇볕과 봄바람을 맞으며 지냈던 백송이 증인으로 있어 반갑다. 14m의 훤칠한 키에 은백색 피부를 간직한 채 과묵하지만 여전히 기품을 드러내고 있다. 아직도 두 갈래의 가지를 힘차게 뻗은 채 찾는 이를 반겨 주고 있는 백송은 한 세기가 넘는 격변의 역사를 조용히 간직한 채 말이 없다.

나는 백송 아래 홀로 앉아 128년 전의 제중원을 떠올려 본다. 별채와 행랑채를 갖춘 한옥에서 조선과 서양이 만나고, 의사와 병자가 만나며, 서학과 동학의 학문이 만나고 있다. 조선인을 치료하기에 여념이 없는 알렌은 때때로 한옥 앞마당에 피어있는 꽃들을 살펴보며 고향인 미국 오하이오 델라웨어를 그리워하는 모습이 생생하다.

2003년 연세대도 제중원을 기억하기 위해 100주년 기념관 뒤뜰에 광혜원 건물을 복원하였다. 고통 받는 사람들을 구제하려 했던 '제중'의 정신은 연세의 뿌리가 되어 진리와 자유라는 나무로 무럭무럭 자라고 있다. 모두가 감사할 따름이다. (연세 MBA 저널 2013.7) ♣

128년 전 제중원 터(현재 헌법재판소위치)에는 600여 년이 된 백송(白松)
한 그루가 아직도 그 옛날을 말없이 증언하고 있다.

4.

슈퍼 그랜드, 남미 이과수폭포를 보고

역사와 예술에 관심이 있는 회원들이 매주 금요일 새벽에 모여 미리 정해진 주제를 하나씩 맡아 돌아가며 발표하고 토의하는 아마추어 동아리가 있다. 매주 참석 회원만 하더라도 20명이 넘는 활기찬 동아리다. 나는 창립 멤버로 참가한 이후 총무, 회장 등의 책임자로 봉사하기도 하는 등 나름대로 열심히 참여했다. 10여 년간 운영하면서, 회원들의 관심의 범위도 넓어졌다.

2013년에도 새로운 프로그램을 정하고 각자 관심 주제를 택하는데, 영화 미션(The Mission)만이 발표자 미정 상태로 있다가 결국 나에게 발표 임무가 떨어졌다. 사실 나는 미션이란 영화가 있는지조차 모를 정도로 영화에 대한 관심과 상식이 부족했던 문외한이다. 그러나 모르는 분야에도 도전해 볼 수 있는것도 좋은 기회라고 생각되었다. 그래서 우선 영화를 두서너 번 본 다음 발표를 고민해 보기로 했다.

첫 장면은 신부(神父)의 독백으로 시작한다. 배경은 웅장한 폭포이

고, 그 폭포를 배경으로 잔잔한 음악이 흐른다. 음악은 영화음악의 거장인 엔리오 모리꼬네의 작품이라고 한다. 1986년에 작곡하여 영화 『미션』에 '가브리엘의 오보에(넬라 환타지아)'라는 이름으로 삽입된 곡이다. 음악을 모르는 사람도 한번 들으면 감동할 정도이고, 기억에서 쉽게 잊혀지지 않을 명곡이다. 그런데 음악 이상으로 장엄한 폭포도 가보고 싶은 충동을 막을 길이 없다.

세계 3대 폭포는 나이아가라 폭포, 빅토리아 폭포 그리고 이과수 폭포이다. 다행히도 미국과 캐나다 국경에 있는 높이 50m, 너비 1,000m의 나이아가라 폭포는 두 번이나 갈 수 있었고, 관광객들이 배를 타고 폭포수가 떨어지는 낙하지점으로 배를 타고 가 물세례를 체험한 일은 누구든 잊을 수가 없을 것이다. 또한 아프리카 북동부 잠비아와 짐바브웨라는 다소 생소한 나라의 국경에 높이 100m, 너비 1,500m의 빅토리아 폭포도 직접 가봤지만, 크기에 비하여 구조상 하단부로 접근할 수 없는 상태에서 폭포 건너편에서 보아서인지 감흥이 크지 않았다.

『미션』 영화를 배경으로 하는 폭포는 이과수 폭포이다. 아르헨티나, 브라질, 파라과이 3국의 국경에 접하고 있는 높이 100m, 너비 3,000m의 폭포 주변에는 원주민인 과라니족들이 살고 있다. 폭포수는 천 길 낭떠러지로 굉음과 함께 힘차게 떨어진다. 영화가 끝날 때까지 음악과 함께 배경이 관람객의 시선을 사로잡는다. 발표를 준비하기 위하여 영화를 두 번 째 관람할 때, 나는 인터넷 검색을 통하여 영화 줄거리를 파악했다. 그것은 종교와 역사가 혼재된 '강자와 약자 간의 영원한 갈등'이라고 나름 해석했다.

1750년, 예수회 신부 가브리엘(제레미 아이언스)은 과라니족의 땅에서 "가브리엘의 오보에"를 연주해 과라니족의 마음을 얻는 데 성공하고 과라니 부족의 일원이 된다. 과라니족은 점차 하나 둘 개종해 숲에서 나와 산 카를로스라는 선한 마을을 건설한다. 반면에 스페인 출신 로드리고 멘도자(로버트 드 니로)는 원주민들을 붙잡아 포르투갈 업자에게 노예로 팔아넘기는 노예상인이다. 그러던 어느 날 그는 자기의 애인이 자신의 친동생과 불륜 관계에 있음을 목격하고 결투 끝에 동생을 죽이고 만다. 멘도자는 죄책감에 시달려 식음을 전폐하고 죽음을 기다린다. 그러던 중 멘도자는 가브리엘의 인도에 따라 과라니족이 사는 산 카를로스 마을로 들어간다. 과라니족은 동족을 죽이고 팔아넘기던 멘도자를 조건없이 용서한다. 약자의 진정성이 담긴 사랑의 표현이다.

한편 스페인과 포르투갈 사이에 체결된 마드리드 조약은 과라니족이 살던 터전이 스페인령에서 무신론의 포르투갈 영토로 편입되자, 갈등이 생긴다. 이 문제를 풀기 위하여 주교가 파견되고, 그는 가브리엘 신부와 과라니족들이 만든 마을이 낙원임을 확인하고 그 분위기에 감화되지만, 안타깝지만 세속 권력의 결정을 통보할 수밖에 없게 된다. 원주민들은 주교의 이전 명령을 거부하고. 멘도자는 원주민을 지키기 위해 칼을 들고 저항한다. 결국 산 카를로스 마을은 포르투갈 군대 앞에 함락되는 것으로 끝이 난다.

예수의 이름으로 사랑을 전하고자 서구의 사람들은 앞다퉈 미지의 세계로 몰려든다. 그러나 실제로는 사랑대신 '약탈과 때로는 원주민 학살'도 서슴치 않은 생활이 일상이라면, 과연 하느님은 존재하는지 의문이고 더구나 살아계시며 권선징악으로 능력을 발휘한다고 하는 말씀을 어떻게 해석해야할지 고민이 되지 않을 수 없다. 하나님의 종이라는 주교가 더구나 세속 권력에서 벗어나지 못하고 '빛은 어둠을 비추고 그 어둠은 빛을 이긴 적이 없다(요한복음 1장 5절).'라고 주문처럼 외는 장면에서 진정성은 과연 무엇일까? 종교 영화이자 역사 영화인 미션(The Mission)의 줄거리를 씨줄과 날줄처럼 연결해 보려니까 머리가 복잡해진다.

어쨌든 영화의 배경인 이과수 폭포의 장면 하나 하나는 경이롭고 가보고 싶은 충동에 젖어들게 한다. 혹시 영화 배경인지라 웅장하고 아름다운 곳만 골라 카메라에 담아 그렇지, 실제는 다를지도 모르고 때로는 실망을 줄지도 모른다고 하면서도 가보고 싶은 충동을 쉽게 떨구어 버리기가 쉽지 않다. 나는 '여우와 신포도' 처럼 혼자 중얼거리며 스스로 위안을 삼는다.

"거기까지 가려면 거액을 투자해야 하고 고생도 되는데 꼭 가 볼 필요는 없지 않을까? 아니 조건이 된다 하더라도 남미 여행이라는 장기 여행에 내 건강이 이상 없이 버텨줄 수 없으면 어쩌려고?"

그러면서도 여전히 내 맘은 그 곳으로 향하고 있는 것을 발견하고 놀랐다. 그런데 생각보다 빨리 꿈이 현실로 다가올 줄 몰랐다. 전혀 예상하지 않았던 일이 벌어진 것이다. 과거 35년간 주중에는 언제나 넥타이 차림으로 직장에 다녔다. 소위 행정 또는 사무관리만 하다가, 어느 날 보직을 변경하여 객원교수란 자격으로 교단에 서게 된 것이다. 학생을 가르친다는 것도 보람되지만, 배우고 생각하는(學而思) 시간 자체가 나에게는 좋았다. 행정을 한다면서 사람에 시달리고, 최선을 다하여 내린 결론이 구성원들의 70%가 찬성하고 때로는 '잘 했노라' 라고 칭찬까지 받으면서도 소수의 반대나 비판에 잠 못 이룬 경우가 얼마나 많았던가? 그러다가 방학이라는 특권까지 누리는 교단에 선다는 것은 내 인생에 있어서 금상첨화(錦上添花)가 아닐 수가 없다.

드디어 2014년 2월 방학을 맞아 남미 8개국을 관광하기로 했다. 그 중심에는 이과수 폭포가 있다. 이과수 폭포에 가기까지 이집트의 피라밋이 멕시코 아즈텍 문화에도 있다는 사실에 놀라고, 쿠바의 수도 아디스아바바에서 공산주의가 어떤 것임을 피부로 느끼고, 마추픽추로 대표되는 잉카 문화의 놀라움에 감탄을 하면서도, 이과수 폭포를 보고 싶은 마음에 피곤한 줄도 모르고 고된 여행을 계속 이어갔다.

드디어 브라질의 리오데자네이로에 도착하니 쌈바 춤이 우리를 맞이하는데, 무엇보다도 내일이면 이과수 폭포를 보는 날이라고 생각하니, 마치 초등학생이 소풍가는 날을 기다리는 것처럼 새벽부터 가슴이 뛴다. 아침을 먹는 둥 마는 둥 하고 버스에 탔다. 얼마 후 버스에 내려 밀림이라는 곳에 내렸다. 온갖 식물과 새들이 어울려 반겨준다. 10여 분 정도 걸었을까? 어디선가에서 굉음이 들려온다. 순간 우리 일행은 합창이라도 하듯이 "와, 폭포다!" 라고 외친다.

그토록 보고픈 이과수 폭포의 하단에 드디어 도착한 것이다. 저 힘찬 물줄기, 바람에 휘날리는 물방울 그리고 높고 푸른 하늘이 멋진 한 폭의 동양화 특선작이 되어 눈앞에 다가온다. 이 광경을 어떤 필설로 표현할 수 있단 말인가? 나는 넋을 잃고 일행이 떠난 줄도 모르고 마냥 쏟아지는 물줄기를 바라보며 생각에 잠겼다. 이것을 보기 위하여 그 많은 고생을 고생이라 생각하지 않고 여기까지 온 것이다. 가이드의 목소리에 겨우 정신을 차리고 일행을 따라 종종걸음으로 가다가 서다가를 반복하며 이과수 폭포를 바라보기도 하고 잠시 생각에 잠기기도 했다.

이과수 폭포는 남미 파라나 강의 지류인 '이과수' 강의 하류에 있다. 브라질과 아르헨티나의 국경이 마주하고 있으며, 특이하게 전체 폭포 속에 또 20여 개의 작은 폭포로 갈라진다. 우리 관광객 일행은 소로를 걸으며 낙하하는 물을 따라 끊임없는 감탄사를 연발하며 폭포수를 감상했다. 아니 폭포수에 압도 당하고 있다. 가히 슈퍼 그랜드(super grand) 폭포라 해도 틀린말이 아니다. 부근은 아직도 미개발의 삼림으로 뒤덮여 있으며, 폭포수와 삼림과 계곡은 남미 관광지 1번으로 거론 될만큼 아름답다. 2011년에는 '세계 7대 자연 경이'에

선정되었다.

이과수란 말은 원주민인 과라니(Guaraní) 족의 언어로 '큰 물' 혹은 '위대한 물'이라는 뜻이다. 폭포를 통해 쏟아져 내리는 물의 양은 초당 1,000톤에 달한다. 이과수 강물의 절반가량이 '악마의 목구멍' 이라고 불리는 형언하기 어려우면서도 진귀한 길이 700m, 폭 150m의 U자형 웅덩이로 쏟아져 내린다. 그래서인지 100년마다 약 30㎝씩 상류 방향으로 낭떠러지가 후퇴하고 있단다. 이과수 폭포라고 하지만 곳곳에 작은 폭포들이 각각 별도의 이름을 가지고 있다. 2단 폭포, 3단 폭포, 가락국수 폭포, 용이 승천하는 폭포 등등 매우 다양하다.

재미있는 사실은 아르헨티나가 이과수 폭포 면적의 80%를 차지하고 있는데 반하여, 관람객들의 구경은 낮은 지대의 브라질 쪽으로 가서 보므로 전체 관광수입의 80%는 브라질이 차지한다는 것이다. 이 소리를 듣자 나는 즉시 "회계전문가로서 원가계산을 다시하면 어떨까?" 라고 생각했다.

관광을 하면서 파라과이의 슬픈 역사가 마음을 아프게 한다. 1811년 스페인 총독을 축출함으로써 독립할 때만 해도 이과수 폭포가 파라과이에 속하였다. 그런데 50년 후 1862년에 파라과이 로페스 대통령이 영토 확장의 야망으로 전쟁을 일으켰다가, 오히려 브라질, 아르헨티나, 우루과이와의 3국 동맹에 져, 전체 남성 인구의 90%를 상실하였다. 전쟁이 끝난 뒤 살아남은 남자는 약 3만 명에 불과하고, 파라과이 인구는 1864년 130만에서 1870년에는 22만 명으로 줄어들었다. 지도자의 한 순간의 욕심과 잘못된 판단이 파라과이를 현재 세계 최빈국으로 전락시킨 꼴이다.

영화 속에는 이과수 폭포 주변에 그토록 많이 살던 원주민들이 이제는 뿔뿔이 흩어져 정작 현지에선 찾아보기 힘든 사실에도 가슴이 아프다. 이러한 아픈 역사를 간직한 폭포에도 불구하고 이과수 폭포는 진정 슈퍼 그랜드(Super Grand) 폭포라고 하지 않을 수 없다. 중국의 장가계 등 그 어디도, 인도의 갠지스 강 등 그 어떤 것도, 아니 아프리카의 빅토리아 폭포조차도 이과수 폭포 앞에 서면 침묵할 수 밖에 없을 것이다. 감히 이과수 폭포를 본 자만이 자연의 경이와 웅장함을 제대로 논할 수 있을 것 같다는 확신이 드는 의미 있는 여행이었다. (2014. 3.) ♣

5.

역사는 최초를 기억하나

회색으로 덮인 네모난 빌딩 숲에서 근무하는 직장인은 휴일에 도시의 소음을 피해 산이나 들로 가기도 하고, 때로는 바닷가를 찾기도 한다. 휴식을 위해서 도심 속으로 가는 일은 흔치 않다. 그런데 나는 어느 휴일에 도심으로 나들이를 떠났다. 일상생활의 일탈인 셈이다. 장소는 서울의 한복판인 정동이다.

때는 4월 중순, 나는 역사탐방 일행 속에 끼여 있었다. 답사 코스는 한때 대법원으로 사용되었던 현 서울시립미술관 건물에서 출발하여 정동 로터리를 거쳐 이화여고와 옛 러시아 공사관 자리를 둘러보는 짧은 코스였다. 정동 일대는 노란 산수유가 부끄러운 듯 다소곳이 피어 있고, 하얀 벚꽃은 봄을 알리는데 여념이 없었다.

정동이란 지명은 조선 태조의 계비 능인 정릉이 있었던 자리라 하여 붙여진 이름이라고 한다. 그러나 정작 정릉의 봉분 위치는 아직도 모른다 하니 안타깝다. 이 지역은 구한말 미국대사관이 자리를 잡은 뒤에 서양 선교사들이 모여 들었다고 한다.

이번 답사에서 내 발걸음을 멈추게 한 곳은 정동제일교회였다. 정동 로터리에서 덕수궁 담을 등 뒤로 서 있노라면 제일 먼저 정동제일교회의 하얀 100주년 시계탑이 눈에 들어온다. 자세히 보니 하얀 탑의 오른쪽에 붉은 벽돌로 된 오래된 예배당도 보인다. 카메라로 구도를 맞추니 하얀 시계탑과 붉은 예배당이 한 폭의 그림처럼 조화되고, 그 둘 사이에 이화여고와 러시아대사관이 멋진 배경이 되어준다. 그리고 눈을 돌려 오른쪽을 보니 높은 담장으로 둘러 쌓여있는 공간이 있다. 미대사관 관저이다.

정동제일교회는 1898년에 완공되었으니, 나이가 백세하고도 스무살 청년이 되려한다. 명동성당 역시 같은 해에 완공되었단다. 그런데 동시대의 두 건물을 비교해 보면 흥미롭다. 명동성당은 구교인 가톨릭이기 때문에 내부는 미사 등 성례(聖禮)에 편하도록 하면서도 외부는 뾰족하고 높은 종탑으로 처리한 반면, 개신교(改新敎) 감리교단인

정동제일교회는 말씀 선포를 잘 할수 있도록 실용적이고 단순하게 건축되어 있다.

문화재로 지정된 정동교회 벧엘 예배당은 존 웨슬리(John Wesley)의 영향으로 빅토리아 시대의 건축양식에 따라 지어진 건물이다. 6.25전쟁 때 손실된 것을 복원하였다가, 2002년에 다시 재복원하여 오늘에 이르고 있다. 다행인 것은 벧엘 예배당이 비록 복원된 건물이지만 처음 세워졌을 때 모습을 그대로 지니고 있다는 점이다. 지금도 붉은 벽돌 사이로 아치형 창문들이 아름답게 배치되어 있다. 또한 내부에서 바깥을 보면 스테인드글라스를 통해 들어오는 빛이 환상적이다. 신기한 것은 교회 건물 내외부에 십자가가 눈에 띄지 않는데도 더 경건한 분위기를 준다는 점이다.

1918년 봉헌된 우리나라 최초의 파이프 오르간은 당시 한옥집 100여 채의 가격에 달했다고 한다. 또한 유관순 여학생은 1919년 삼일

독립 만세 때 바로 이 파이프 오르간 뒤쪽에 몸을 숨겨 일제의 눈을 피했다고 하니, 나도 모르게 심장의 고동이 벅차 오른다.

지금 내 시선을 사로잡고 있는 정동제일교회는 최초라는 감투를 많이 갖고 있다. 우선 우리나라 최초의 감리교 교회이다. 감리교는 영국 성공회에서 분리된 것이다. 감리교의 창시자인 존 웨슬리(John Wesley)는 영국 성공회의 신부였지만, 신교에서 강조하는 개인적인 회심(悔心)을 중요시 하여 예전(禮典)중심인 영국성공회와 충돌하게 되었고, 종국에는 감리교라는 이름으로 분리하였다. 그런데 우리나라에 감리교회는 어떻게 왔을까? 눈을 감고 1885년 4월 5일로 거슬러 가 보자.

그날따라 부활주일 오후였다. 미국 감리회 선교사인 아펜젤러(H.G. Appenzeller)는 연희전문학교를 세운 언더우드와 함께 오늘날 인천역(仁川驛)인 제물포항에 도착하였다. 당시 아펜젤러는 27세로 갓 결혼한 아내 엘라를 동행했고, 언더우드는 총각이었다. 인천에 있는 '선교 100주년 기념탑'에는 세 사람이 함께 새겨져 있다. 세 사람 가운데 가장 먼저 조선땅에 발을 디딘 사람은 여성일까 남성일까? 아직도 미스테리다.

아펜젤러는 우리나라에 오자마자 복음을 전하고 싶었지만, 조선 정부에서 선교를 금지하는 바람에 교육과 의료사업만 할 수 있었다. 때문에 집에서 영어교육을 시작했는데, 다행히 이듬 해 고종으로부터 배재학당(培材學堂)이란 이름을 하사받았다. 외국인이 세운 우리나라 최초의 근대 사립학교인 셈이다. 1885년 여름에는 외국인을 대상으로 최초로 주일예배를 열었고, 가을에는 개신교 최초의 성찬식도 거행하였다. 이는 묘하게도 연세대학교가 태동된 연도와 일치하여, 연세대의 역사는 한국 개신교의 역사가 된 셈이다.

드디어 아펜젤러는 1887년에 배재학당의 제자인 박중상에게 영어로 세례를 줌으로 한국인 최초의 감리교 신자가 탄생할 수 있었다. 그 후 배재학당의 한용경 학생에게는 최초로 한글로 번역된 세례 예식서에 따라 세례를 베풀기도 하였다. 또한 1887년 10월 9일에 감리교 최초로 한국인들이 모여서 예배를 드렸고, 그 며칠 후에는 아펜젤러에 의해 최초로 여성 최 씨가 세례를 받았다. 1888년 3월에는 아펜젤러가 세례를 준 한용경과 과부 박씨의 결혼식에 주례도 섰는데 이것 또한 우리나라 최초의 교회 결혼식이었다.

차츰 교인 수가 늘어남에 따라 아펜젤러, 스크랜튼 등 감리교 지도자들은 새로운 교회를 1898년에 완공했으니 오늘 내가 보고 있는 벧엘 예배당이다. 꼭 115년 전의 일이다. 정동제일교회는 민족의 독립과 해방에도 지대한 영향을 주었다. 서재필은 아펜젤러와 함께 배재학당의 학생들을 가르쳤고, 정동교회의 이필주 담임목사와 박동완 전도사가 민족대표 33인에 포함되어 3.1운동에 참여하기도 했다.

오늘 답사한 곳은 지금까지 수십 차례 다닌 길이었지만, 이토록 새로이 의미 있게 다가오는 것은 왜일까? 짧은 답사 일정을 마치고 잠시 쉬어가기 위해 동행한 사람들과 인근 카페에 들러 와인 한 잔을 주문하였다. 와인 한 모금에 정동의 역사 한 조각을 안주삼아 잠시 생각에 잠기니, 이런 저런 상념에 잠긴다. 나에게 평소 무심코 들었던 '최초'라는 단어가 오늘 새롭게 다가왔다.

아무도 반기지 않는 이국땅에서 오직 신앙 하나로 그 많은 최초를 만들어 낸 당시의 이방인들을 우리는 어떻게 생각해야 할까? 사람들은 무엇을 최초라고 정의하며, 역사에서 최초란 어떤 의미일까? 끝없는 자문(自問)이 일어난다. 당장 그 숙제를 풀 수도 없고 풀어야 할 이유도 없다. 최초가 된다는 것은 아무도 가지 않은 숲속을 처음 들어가는 것과 같다. 그 길은 외롭기도 하고 때로는 두렵기도 하다. 분명한 것은 역사는 최초만을 기억하려 한다는 것이다. 그래서 최초가 더욱 의미가 있는지도 모르겠다.

이런저런 생각에 정동제일교회 앞을 다시 서성이고 있는 내 모습을 발견하고는, 아펜젤러와 같이 제물포항에 내린 언더우드 선교사의 기도문 한 구절이 머리를 스친다.

"… 지금은 예배드릴 예배당도 없고 학교도 없고
그저 경계의 의심과 멸시와 천대함이 가득한 이 곳이지만,
이곳이 머지않아 은총의 땅이 되리라는 것을 믿습니다.
주여! 오직 제 믿음을 붙잡아 주소서…!" (2013.5.) ♣

6.

1표 차이의 역사

남성들 모임에는 종종 정치문제를 화제로 삼을 때가 있다. 처음에는 정치 일반에 대한 가벼운 주제로 시작하다가 차츰 열기가 더해지면 정치인 비판과 토론으로 이어지게 마련이다. 그러다가 어느 순간이 되면 대개 논쟁으로 발전되는가 싶다가도 끝내 서로 간에 얼굴을 붉히며 헤어지는 경우를 종종 보게 된다. 그럴 때면 누가 옳고 그르고를 떠나 함께한 사람들이 민망할 때가 많다. 그래서 아무리 허물없는 친한 친구들끼리의 모임이라도 정치 얘기는 안 하도록 하는 룰을 정하는 경우도 있다.

그러나 사람은 사회적 동물이자 정치적 동물인지라 정치 얘기를 완전히 배제하기는 쉽지 않을 것이다. 특히 정치 집단이 결정한 법률이 본인의 이해관계와 밀접하게 관련되면 될수록 관심의 정도는 커질 것이다.

오늘날 대부분의 민주 공화국은 국민의 보통선거를 통해 큰 일을 결정하게 된다. 비록 국민에 의해 선출된 정치인이 함량미달일지라도 출마한 후보 중에서 선택해야 하는 것이므로 한계가 있다. 그래서 나는 정치인을 비판하는 것도 필요하지만, 비판을 위한 비판보다는 참여한 후 그 결과에 따라 개선하는 것이 중요하다고 생각하는 편이다. 특히 직접 정치에 참여하기 어렵거나 여건이 안 되면 투표라도 빠짐없이 해서 의사전달을 하는 것이 중요하다는 입장이다. 비록 나의 한 표에 불과할지라도 그 1표가 정말 소중하고 결정적 영향력을 행사할 수가 있기 때문이다.

과거 역사를 돌아보면 1표 차이로 역사의 수레바퀴 방향이 바뀐 경우가 흔하다. 그래서 나는 매 선거 때마다 남보다 일찍 투표장에 나가는 버릇이 있는데, 제일 먼저 투표한 경우도 몇 차례나 된다.

첫째, 1표 차로 군의원에 당선되었다가 낙선으로 판정된후 다시 당선된 경우가 있다. 2018년 6·13 지방선거에서 1표 차이로 이긴 청양군 김종관 의원 당선자가 선관위의 번복으로 임상기 의원이 당선되었다. 그런데 되레 대전고등법원은 임상기 의원의 당선 무효 결정을 내리면서 김종관 의원이 상대 후보보다 2표 앞선다고 판결했던 것이다. 지난해 1표 차이로 진 임상기 후보의 무효표를 인정해서 법원은 선관위 결정을 뒤집어 결정한 것이다. 1표가 의원 배지를 바꾼 우리나라의 좋은 사례이다.

둘째, 1표 차이로 처형된 잉글랜드 왕 찰스 1세(Charles I)가 있다. 1215년 영국의 존왕이 '대헌장(마그나 카르타)'에 서명한 이후 왕은 세금을 징수하거나 병력을 동원하거나 시민을 구속하려면 의회의

승인을 얻어야 했다. 이런 결정은 향후 왕과 의회의 갈등 구조를 상시 내재하고 있는 것이다. 1534년 헨리 8세는 가톨릭에 대항하는 개신교로서 영국 성공회를 독자적으로 설립하여 가톨릭교회를 탄압했다. 그러나 그 후 메리 1세 여왕 시절에는 거꾸로 신교도들이 숱하게 학살되는가 싶더니, 이복 동생 엘리자베스 1세 때는 가톨릭이 수세로 몰렸다.

엘리자베스 1세가 평생 처녀 여왕으로 지내다 죽게 되자, 스코틀랜드의 스튜어트가 제임스 1세란 이름으로 왕위를 잇게 된다. 제임스 1세는 성공회의 지배권을 확실히 했을 뿐만 아니라, 스코틀랜드와 잉글랜드를 통합하고 아일랜드까지 하나로 묶어 '대영제국'을 건설할 꿈을 꾸었다. 그 꿈은 아들 찰스 1세로 계승해 왕권을 강화했다. 그러자 의회는 1628년에 〈권리청원〉을 요구하니, 왕은 의회를 해산하고 이후 11년간 한 차례도 의회를 열지 않았다.

하지만 찰스 왕은 스코틀랜드 정벌을 위해 정식으로 세금 징수 승인이 필요하자 의회를 열었다. 이에 의회는 "울분으로 막 나가기" 시작했다. 의회가 지방의 민병대를 의회의 통제 아래 두는 법안을 결의하자, 왕당파와 의회파로 분파되면서 내전으로 들어갔다. 초기는 왕당파에게 유리했다. 그러다가 1645년에 올리버 크롬웰이 등장하면서 전세가 역전되기 시작한다. 의회파 중에서 크롬웰의 입지도 커졌고, 그를 중심으로 하는 급진파가 온건파를 1표차로 누르고 주도권을 쥐게 되었다.

1648년 12월 크롬웰의 군대가 의회를 기습하고, 찰스 왕을 재판하기 위한 최고법원을 창설했다. 법정은 10일 만에 '사형' 판결을 내렸다. 그때 표결이 1표 차이였다. 1649년 1월 30일, 찰스 1세는 처형장에서 "나는 이제 부패한 나라에서 영원히 변치 않는 나라로 간다. 이 세상의 어지러움이여, 안녕!" 이라는 말을 마지막으로 그의 목에 도끼가 휘둘러졌다. 잠시 후 집행관이 찰스 1세의 목을 집어올려 군중들에게 보였다. 이는 재판을 통해 신민(臣民)들이 그들의 군주를 처형한 최초의 역사적 사건으로 남는다.

오늘날 런던의 트라팔가 광장에는 찰스 1세의 동상이 서 있고, 조금 내려가면 국회의사당이 나오는데 그 곳에는 크롬웰의 동상이 있다. 과연 영국 역사의 두 거물을 1표의 가치를 생각하며 보는 사람은 몇 명이나 될까? 역사는 우리에게 많은 생각을 하게 한다.

셋째, 나치당 당수, 히틀러는 1표 차로 당선되었다. 당시 히틀러의 정치적 입지는 미약하였지만, 나중에는 세계 2차대전을 일으키고 6백만 명의 유대인을 학살한 인류의 살인마가 되었다. 히틀러는 1923년 8월 1표 차이로 독일국가 사회주의노동자당(NSDAP, 일명 나치스)의 당수가 되었다. 그로부터 10년 후 힌덴부르크 대통령이 1929년부터 시작된 대공황을 수습하기 위하여 1933년 히틀러를 총리로 임명하였다. 그랬더니 히틀러는 보수파와 군부의 협력을 얻어 일당독재 체제의 기틀을 확립하였다.

이듬해 8월 힌덴부르크 대통령이 죽자 총리와 대통령을 겸하는 총통이 되었고, 지방 의회는 해산되고 사민당은 불법화되었으며, 각종 단체와 조합들이 나치당의 하부조직으로 바뀌었다. 그리고 2차 세계대전을 일으켜 인류의 공적이 되었다. 바로 1표가 만들어낸 합법적인 절차임에는 틀림없으나 오늘 이 순간도 투표가 무엇인지 생각하게 되는 대목이다.

이 외에도 1표 차이로 역사가 바뀐 사례가 많다. 1839년 미국 매사추세츠 주지사 선거에서 단 1표 차이로 낙선한 에드워드 에버렛은 투표 당일 아침 다른 사람들의 투표참여를 독려하느라 정작 자신은 시간이 없어 투표를 못했다. 개표 결과 1표 차이로 패배하였다. 미국 주지사를 거치면 대통령 후보까지 내다 볼 수 있는 유능한 분이었기에 그 결과는 더욱 아쉽다. 또한 1868년, 안드류 죤슨 미국 대통령은 단 1표 차이로 탄핵소추를 모면하였고, 1875년 프랑스는 단 1표 차로 왕정에서 공화국으로 개편되었다.

한강의 거대한 강물도 거슬러 거슬러 올라가면 태백시 창죽동에 있는 800m 고지의 '검룡소'라는 곳에서 용출되는 한 줄기의 물에서 시작하듯이, 역사도 언제나 큰 사건에서 발단되는 것이 아니다. 1표라는 작은 차이와 참여라는 진지함에서 기인하는 경우가 더 많이 있음을 우리는 역사를 통해 알고 기억할 필요가 있다. (2021. 3.) ♣

7.

정암 조광조를 생각하며

신분당선 용인 상현역으로 이사 온 지 3년이 지났다. 당초 2년만 살고 서울로 복귀할 계획이었다. 그런데 주인이 중도에 아파트를 매각하는 바람에 계획이 뒤엉켜버렸다. 다행스러운 것은 현재 거주하는 상현동에서 서울 강남까지의 교통이 지하철로 30분 정도의 편리한 지역이라는 점이다. 또한 우리 아파트 인근의 문화재를 편하게 볼 수 있는 것도 답사를 좋아하는 나로서는 쏠쏠한 재미라고 할 수 있다. 특히 이러한 문화재는 유명도가 낮아 일부러 찾아오기에는 애매한 곳이다. 그 중의 하나가 정암(靜庵) 조광조(趙光祖) 묘와 심곡서원을 들 수 있다.

화제를 바꾸어 재경 합천문인회 회원 중에는 문학작품은 물론이고 애향심이 남다른 분이 많다. 선문대학교에서 비교문학을 강의하다 정년을 하신 안병국 교수도 예외가 아니다. 문인회 모임에 처음 참석하여 서먹할 때였다. 여러 이야기 끝에 안 교수님이 비교문학을 전공하셨다기에 수암 고 이경선 교수가 저의 장인이라고 하니, 안병국 교수님은 놀라시면서 나를 더 살갑게 대해주셨다.

교수님은 언제나 여유러움으로 삶을 관조하며 사시는 분 같았다. 어쩌면 내 장인 어른과 성품도 비슷하고, 젊을 때부터 좋아한 약주는 지금도 변함없다. 그 약주 때문에 때로는 사모님을 불안하게 했던것도 비슷하다. 어느 날 용인 상현동 근처에 조광조 묘와 심곡서원이 있으니, 역사적으로나 문학적으로 답사할 가치가 있으므로 시간을 내주시면 제가 안내를 해 드리겠다고 제의한 적이 있다. 그런데 안 교수님은 피해를 주지 않으려는 의도인지, 아니면 제의한 내용을 잊었는지는 몰라도 한 동안 아무런 반응이 없었다.

그러다가 지난 5월 어느 토요일에 우리 동네로 오겠다는 전갈이 왔다. 나는 현장을 이미 몇 번 답사한 적이 있다. 그러나 가이드를 한적은 없기에 자청한 가이드의 역할을 잘 할지 걱정이 되었다. 봄비가 부슬부슬 내리는 가운데 내 발걸음은 사전 답사를 위해 현장을 향했다.

조광조의 묘는 광교산 1번 등산로 입구 왼쪽 대로변 양지바른 곳에 자리하고 있다. 상현동 주위가 조광조의 고향이다. 묘지 입구엔 신도비(神道碑)가 우뚝 서 있다. 신도비란 고관들 묘에 대한 안내석이다. 조광조 묘는 한양 조(趙)씨 십여 봉분 중에서 가장 높은 곳에 위치해 있다. 나는 길가에 서서 우뚝 솟은 신도비를 바라보다가 타임머신을 타고 500여 년 전으로 거슬러 올라가 본다.

첫 장면은 당시는 능주로 불리운 전남 화순이다. 금부도사가 도착하니, 큰 소리로 "죄인은 사약을 받으시오."

"예? 아직 짐도 채 풀지 않았는데…, 진정 상감께서 보낸 것이 맞단 말이요? 죄인은 목이 멘다. 사약을 마시기 전에 하나 물어봐도 되겠습니까? 나를 옹호했던 정광필 영의정은 어떻게 되었으며, 나를 못살게 굴던 남곤은……?"

"영의정 정광필님은 중추부 영사로 좌천당했고, 그대와 대립했던 남곤은 좌의정으로 실권을 장악했소이다."

"아? 이제야 알겠습니다. 다만, 해가 지기 전에 사약을 마실 터이니 시간을 조금만 허락하여 주실 수는 없는지요?"

유배온 죄인은 얼마 전까지만 해도 '일인지하 만인지상(一人之下 萬人之上)'의 권세가가 아니었던가? 금부도사는 말없이 눈만 찡끗한다.

얼마 후 정암 선생은 방문을 열고 나와 금부도사 앞에 무릎을 꿇고, 한성부를 향해 큰절 3배를 올린 뒤 방금 써 온 절명시를 읊는다.

愛君如愛父 (애군여애부) 임금 사랑하기를 어버이 사랑하듯 하였고
憂國如憂家 (우국여우가) 나라 걱정하기를 집안 걱정하듯 하였다
白日臨下土 (백일임하토) 밝은 해가 세상을 굽어보고 있으니
昭昭照丹衷 (소소조단충) 내 충정이 밝디 밝게 비춰 주리라.

이 시를 지을때 어떤 심정이었을까? 손이 떨리고, 살아온 지난 세월이 조광조의 머리속을 주마등처럼 스쳐갔을 것이다. 권력의 무상함과 인심의 돌변이 허무하고 허탈하였을 것이다. 이윽고 조광조는 숨을 고른 뒤 사약 한 사발을 들이마신다. 그러나 여전히 몸이 꼿꼿하다. 다시 한 사발을 더 달라고 청해 마시니, 그때서야 쓰러지며 눈을 감는다. 이제 겨우 38세의 젊은 유학자였다.

정암은 김종직의 학통을 이어받은 김굉필의 문하에서 수학했고, 사

림파의 정계 진출을 확립한 분이다. 연산군의 폭정을 더 이상 참지 못한 신하들이 반기를 들고 성공한 덕분으로 졸지에 왕이 된 이가 중종이다. 당연히 중종은 자기를 왕으로 만들어 준 일단의 무리들에 둘러싸여 정사를 제대로 펼칠수가 없다. 역사에서는 중종을 임금으로 만든 일단의 무리들을 훈구파(勳舊派)라 부른다.

중종은 훈구파 세력을 견제하기 위해 과거 시험을 직접 치루고 이때에 발탁한 인물이 바로 젊은 학자인 조광조다. 그는 중종의 사랑에 힘입어 홍문관과 사간원에서 활동하였고, 사헌부 대사헌도 지냈다. 소격서 철폐 등 많은 개혁을 단행하였다. 특히 중종 등극에 공이 크다고 벼슬을 받은 자 중 가짜가 4분의 3이나 되는 걸 알고 상급으로 준 전답, 노비 등을 모두 회수하였다. 역사에 나오는 '위훈삭제' 사건이다. 이 위훈삭제에서 피해를 본 사람들은 조광조의 원수가 되는 것은 자명했다. 거기에다 성리학적 도학정치를 구현한답시고, 임금인 중종에게 아침 저녁으로 솔선수범하여 경연 등을 할 것을 강요했다.

이에 중종은 조광조에 기대했던 개혁정치 보다는 차츰 염증을 느끼게 된다. 이를 눈치 챈 훈구 세력이 중종과 중종의 여인들을 사주하기 시작한다. 그 무리 속에 남곤(南袞)이라는 친구가 앞장서 설친다. 드디어 1519년 사주를 받은 궁인들에 의해 나뭇잎에 주초위왕(走肖爲王)이란 글자가 나타나게 함으로써 이를 빌미삼아 조광조를 역모로 몰아 유배시킨다. 사약을 받아 죽은 후 반세기가 지나 기대승 등의 상소로 영의정에 추증되고, 또한 그를 기리는 심곡서원이 건립되었다. 심곡서원은 대원군의 서원 철폐령에도 불구하고 살아남은 서원중 하나다.

그러나 신도비가 세워지고 그를 배향하는 서원이 만들어진들 억울하게 누명을 쓰고 사약을 받은 것이 어떻게 보상될까?

감았던 눈을 뜨니 어느새 부슬비는 멎고 싱그러운 5월의 밝은 햇살로 변해있었다. 그리고 하늘엔 오랫만에 무지개가 떠 있다.

"그래, 삶이란 저 아름다운 무지개가 아니라 스쳐가는 비나 바람인지도 몰라! 그런데도 우리 인생은 뭘 그리 아등바등하며 살아가야만 될까? 문학을 전공한 안병국 교수님이 이곳에 오시면 문화재 답사도 중요하지만 인문학을 주제로 토론을 제의해 보면 어떨까 싶다. 안 교수님이 좋아하는 막걸리 한 잔을 앞에 놓고서 말이다." (합천신문, 2020.9) ♣

8.

심곡서원에서 서원을 배우다

공자(孔子, 기원전 551년~479년)는 중국 춘추시대 노(魯)나라의 곡부 출신으로 유교의 시조(始祖)이자 정치가요 사상가이시며 교육자였다. 오늘날의 산동성 태산 근처에서 태어나신 분이다. 그 후 약 200년 후에 맹자(孟子,기원전 372년~기원전 289년)가 태어나 공자의 사상을 계승하여 발전시켰다.

맹자의 고향도 공자의 고향에서 승용차로 30분 거리에 있다. 맹자 하면 떠오르는 것이 맹모삼천지교(孟母三遷之教)이다. 어머니가 맹자를 바르게 키우기 위해 세 번이나 이사를 하였다는 것인데, 최종적으로 서당이 있는 곳으로 집을 옮기니, 그제서야 맹자는 공부를 시작했다는 것이다. 대학 옆에 사는 사람 모두가 공부 잘하는 것은 아닌데도, 교육은 환경의 영향이 큼을 강조하는 것이리라!

내가 결혼 후 13번째로 이사하여 거주하는 곳이 용인시 상현동이다. 아파트 지근거리에 심곡서원(深谷書院)이 있다. 심곡서원은 조선 중종 때 사림파의 영수였던 정암 조광조(1482년~1519년)와 그의 제자 양팽손을 모시는 곳이다. 서원 옆에 살다보니 아침 조깅이나 산책 때 자연스레 가보기도 하고, 간혹 우리 아파트 근처에 친구라도 오게 되면 그곳으로 안내하다보니 어느 새 심곡서원과 친밀해졌다.

2015년에는 경기도 문화재에서 국가문화재로 격상되었고, '깊은 골'이라는 뜻의 심곡(深谷)이 주는 이름도 편안하게 들린다. 물론 계곡과는 거리가 있는 아파트 속의 조용한 서원이다. 서원을 처음 방문했을 때는 너저분했는데, 최근 국가문화재에 걸맞게 건물도 신축하고 보수도 해서인지 제법 문화재다운 냄새가 풍겨난다. 거기에다 수령 500년이나 된 느티나무가 서원 전체를 감싸고, 2~3백 년은 됨직한 동생 느티나무도 서원 뒤를 여러 그루가 받쳐주고 있어 자못 고색 짙은 분위기를 자아낸다. 시간이 날 때 책 한 권 들고 느티나무 밑이나, 장방형의 연못가에 앉아 독서를 한다면 운치도 맛볼 수 있다.

지난봄이었나 보다. 날씨가 좋아 집을 나서 발길 닿은 데가 심곡서원이었다. 무료여서인지 주차장엔 승용차가 제법 주차되어 있었으나 인적은 보이지 않고 숲속으로부터 새소리만 들릴 뿐이다. 외삼문(外三門)을 거치면 강당이라는 현판이 보이고, 그 강당 안에는 또 다른 여러 현판이 눈에 띈다. 필체에 힘이 보인다. 안내해 주는 전문가가 있다면 한두 가지 물어보고 싶은데, 예약하지 않았기에 곤란하다는 말이 못내 아쉬워 기웃거리고 있는데 뒤쪽에서 인기척이 들려온다. 고개를 돌려보니, 할머니가 초등학교 3학년 또래인 여아의 손을 잡고 오손도손 얘기하며 사당 안으로 다가오는 것이 아닌가?

조용한 서원에 낭랑한 여아의 소리가 퍼진다. "할머니, 아까부터 서원, 서원 하는데, 서원은 뭣이고 서당은 뭐예요?" 어린 아이의 발음이 또박또박하여 듣지 않으려 해도 들려온다.

"그건 말이야. 같은 뜻이야. 공부하는 집이라는 뜻이지. 너도 텔레비전에서 봤지? 영화를 보면 훈장 앞에서 댕기머리 소년들이 하늘 천(天), 따 지(地)……하며 천자문을 배우던 옛날 학교야."

"그런데 여기가 상현동인데 왜 심곡서원이라고 불러요?"

"너를 '경희'라고 부르는 것은 네 할아버지가 정하였듯이, 이 서원을 지을 때 고을 사또 같은 높은 분들이 이름을 정했을 거야!"

할머니는 손녀의 질문에 당황스러운지 대충 얼버무리고 만다. 찜찜한 표정이다. 나를 보자, 사진을 부탁한다. 나는 인물 배경을 달리하며 몇 장 찍었다고 하니, 손녀는 사진을 보고 싶다며 핸드폰을 열어본다.

"할머니! 사진 잘 나왔어요! 할머니 웃는 모습도 좋고요!"

"신사 양반! 고맙습니다. 경희야 너도 인사 드려라."

"선생님, 고맙습니다!"

"아이고, 뭘요?"

나는 할머니가 손녀를 데리고 갈 곳이 많은데도 불구하고 서원을 찾은 그 자체가 퍽이나 인상 깊게 보였다.

"저는 이 근방에 살기에 종종 이 곳에 옵니다만, 할머니는 이 근방에 안 사시나 봐요?"

"예, 딸네 집에 왔다가 서원이 있다기에 왔습니다. 사실 서원이 뭔지 정확히는 모릅니다."

"실례가 아니라면 제가 전문가는 아닙니다만 설명을 조금 드려도 될까요?"

"좋지요. 경희야, 이 선생님이 이곳에 대하여 설명해준다니 잘 들어봐."

그렇게 해서 나는 서원에 대해서 설명을 하기 시작했다.

사실 보통 사람들은 서원을 잘 모르고 있는 것 같아요. 먼저 조선시대 때 학교를 보면 서당(書堂)은 오늘 날 사립 초등학교에 해당되고, 그리고 겉모습은 서원과 비슷하지만 오늘날 공립 중고등학교에 해당하는 향교(鄕校)가 각 고을에 있습니다. 그러면 여기 심곡서원 같은 서원은 사립대학이라고 보면 되지요. 물론 조선 시대의 국립대학은 서울 명륜동에 있는 성균관(成均館)이랍니다. 당시 서원에서 배우는 주된 공부 내용은 중국 송나라 주희가 공자의 유학에다 범위를 넓힌 성리학(性理學)이라고 해요. 특히 이이, 이퇴계 같은 훌륭한 분이 성리학을 중국보다 더 심오하게 발전시켰다고 해요.

아쉬운 점은 그 연구가 우리의 일상생활에 어떻게 영향을 주었는지 또 주고 있는지가 명확하지 않다는 점이랍니다. 경희 학생에겐 좀 어려운 이야기이지?

자! 그러면 이번에는 서원의 건물에 대해서 알아보도록 합시다. 서원은 건물이 아무렇게 배치된 것처럼 보일 수도 있지만 그렇지 않아요. 정형화된 틀이 있지요. 심곡서원의 건물 배치도 조선시대 모든 서원과 비슷해요.

먼저 앞의 큰 건물은 보통 명륜당이라고 부르는데, 이 서원은 특이하게 '강당'이라고 되어있네요. 강당의 기능은 교실이라고 보면 됩니다. 강당 앞 왼쪽과 오른쪽에는 언제나 쌍둥이 건물이 있는데, 이곳을 동재, 서재라 해요. 최대 20명 정도의 학생들이 기거하는 기숙사이지요.

한편 강당 건물 뒤를 보면 처음 들어올 때의 입구처럼 좁은 문이 서 있는데 이 문의 통로가 3곳이고 안쪽에 있다 하여 내삼문(內三門)이라고 합니다. 따라서 처음 들어올 때의 문은 외삼문(外三門)이라고 하지요. 문 안 쪽에는 이 서원과 가장 인연이 크고 성리학적으로 큰 인물을 모시고 주기적으로 제사를 지내는 사당입니다. 그래서 통상 문을 잠궈두지요.

참! 서원을 사립대학이라 했는데, 임금으로부터 공인을 받느냐가 중요합니다. 왕(王)으로부터 공인을 받으면 서원의 이름을 현판으로 하사받는데 우리는 그런 서원을 사액서원(賜額書院)이라고 해요. 사액서원이 되면 부수적으로 전답과 하인은 물론이고, 공부할 수 있는 책을 주기적으로 받습니다. 인쇄술이 발전되지 않았던 옛 시절을 고려하면 책을 받는다는 것은 아주 중요한 권리라고 할 수 있지요. 그래서 하사받은 책을 오늘날 도서관에 비교되는 별도의 장서각에 보관해 두었다가 학생 각자가 필사(筆寫)하여 공부했답니다.

심곡서원은 1871년 흥선 대원군의 서원 철폐령 때에도 훼손되지 않고 현재까지 존속되고 있지요. 최근 이곳 사당과 교실인 강당을 보수할 때에 상량문(上樑文)과 강당기(講堂記), 그리고 숙종대왕 어제(御製)가 발견되어 심곡서원의 역사와 내력을 더 잘 알 수가 있게 되었다 하네요. 서원 앞쪽 응봉산에 '조광조 묘 및 신도비'가 있어 심곡서원은 물론이고 조광조를 재평가하는데 좋은 자료가 되고 있답니다.

"시간이 되면 건너편 조광조 묘소도 둘러보시면 좋을 듯합니다만……. 강력히 추천합니다."

어느새 시간이 흘러 일어서려고 하는데, 도시에서는 여간해서 보기 드문 꿩 한 마리가 서원 뒤 숲속에서 '푸드득!' 하며 건너편 정암 수목 공원을 향해 힘차게 날고 있었다. 내 마음도 덩달아 나는 기분이다. (합천신문, 2020. 9.) ♣

5부

비판없이 발전 없다.

1. 누굴 위한 주차장인가
2. 혼란스런 버스 정류장 명칭
3. 과연 솔로몬왕은 현명한가
4. 재경 향우회 체육대회
5. 코로나야, 물러가라. 대면수업이 그립다
6. 헷갈리는 '원-달러 환율, 조직신학, 차입자'
7. 산수갑산이냐 삼수갑산이냐?

1.

누굴 위한 주차장인가?

2018년도 저물어 가던 어느 날, 고향의 면사무소에 들렀더니, 담당 공무원이 나의 민원 내용은 면사무소 소관이 아니라 군청 소관이라는 것이다. 그러나 친절한 설명 때문인지 기분은 좋았다.

“바쁜데도 친절하게 설명해 주셔서 감사합니다. 그럼 군청으로 가 보겠습니다.”

“잠깐만요. 지금 시각이 6시가 다 되어 가는데, 군청까지 가려면 30분 정도 소요된다 하더라도 퇴근 시간과 겹쳐 일 보기가 만만치 않을 겁니다.”

“아, 참! 시간이 벌써 그렇게 되었군요. 알겠습니다.”

그날 처리했으면 했던 일을 끝내지 못하고 귀경한 탓인지, 그 후 못내 맘이 편치가 않았다. 그렇다고 고향과 내가 사는 곳이 천 리 길이라 한번 나서기도 녹록지가 않다. 차일피일 미루다 겨우 어젯밤에 합천으로 내려온 것이다. 그래야 다음 날 일찍 일을 보고 상경하기에 편하기 때문이다. 마침 숙소 인근에 식당이 있어 아침을 맛있게 먹고,

내비게이션의 안내에 따라 차를 몰았다. 생각해 보니 내 고향 군청에는 생전 처음으로 가게 된 것이다.

"나도 무심하지. 여기를 처음 오다니! 고향을 사랑한다면서 말이다."

나도 모르게 독백을 하다가, 콧노래도 흥얼거려본다.

"코스모스 피어있는 정든 고향 역, 이쁜이 꽃분이 모두 나와 반겨주겠지....."

어느새 차가 비탈길을 오르는가 싶더니, 카랑카랑한 내비게이션 기계음이 목적지에 도착했다고 알린다. 언뜻 봐도 최근에 신축한 청사는 아닌 듯하다. 공간이 필요할 때마다 증축이나 달아 지은 건물 티가 물씬 풍긴다. 그런 건물 틈새로 주차선을 그어 주차장으로 활용하고 있었다. 그런데, 주차장은 그 시간에 이미 차들로 꽉 차 있어 주차할 공간이 보이지 않아 갑자기 당황스럽다.

"지금 몇 시지? 아침 8시 35분인데……. 이상하다. 무슨 행사가 있나?"

혹시 빈 곳이 있나 하고 천천히 차를 몰아 둘러보았지만 빈 곳은 아무데도 보이지 않는다. "이럴 리가 없는데……." 군청 주변에 낯선 나로선 다른 곳에 주차할 엄두도 나지 않아, 할 수 없이 주차장 한 쪽 귀퉁이에 겨우 차를 세웠다. 물론 주차선이 없는 곳이다. 사무실을 향해 계단을 올라오니, 제복 차림의 나이 지긋한 분이 앉아있다.

"아저씨, 재산세 때문에 왔는데요, 어디로 가야 하죠?"

"저쪽입니다."

"감사합니다. 그런데 지금 시간이 8시 40분인데 민원인이 주차할 공간이 하나도 안 보입니다. 무슨 이유라도 있나요?"

내 말이 채 떨어지기도 전에, 이미 많이 들어 본 얘기라는 듯이 퉁명스럽다.

"저 차들, 모두 민원인 차들입니다."

"예? 지금 시간이 9시 전인데, 아직 공무원들도 미처 출근 안 한 분도 있을 텐데 저렇게 많은 민원인이 벌써 와 있다고요?"

"예, 그럼요. 벌써 사무실 곳곳에 이미 많이 와 있습니다. 선생님!"

어안이 벙벙해진다.

"아저씨, 어떻게 그런 말씀을 쉽게 하나요? 물론 빨리 온 민원인이 한두 명은 있겠지요! 최근 퇴임한 하 군수님이나, 민선 7기로 당선된 문 군수님도 이 사실을 아시나요?"

"아, 선생님! 죄송합니다. 사실은 주차 때문에 문제가 좀 많습니다…."

"아저씨야 무슨 책임이 있겠습니까?"

주차 문제로 기분이 상한 상태에서, 업무를 본들 마음이 편안할 리가 없다. 우리나라에 지방자치제가 도입된 지도 20년이 지났다. 지방자치 실시 후 일부 지방자치단체들이 호화 청사 신축 등으로 비난을 받기도 했지만 대체로 단체장들이 주민을 위하여 귀를 기울이고, 숨은 관광지를 개발하여 소득을 증대시키고, 지방 재정자립도를 높이고, 민간의 효율성을 도입시키는 등 긍정적인 평가가 더 많다.

당연히 내가 태어난 고향의 군청도 최고 점수를 받으리라 생각했다. 그런데 아침 8시 35분에 민원인이 주차할 공간을 한 자리도 찾을 수 없는 행정을 확인하고는 마음이 심란하다. 그날 주차공간을 차지

한 차량 소유주는 미루어 짐작된다. 멀리서 출퇴근하는 공무원들의 주차장도 배려되어야 하지만, 이들은 외곽 주차장을 활용하되 군청까지는 셔틀을 이용하면 될 것이다.

한 기관의 주차장은 민원인이 들어서는 첫 관문이며, 그 기관의 첫 인상을 심어주는 거울이라 할 수 있다. 선거 때 약속한 공약도 많고 챙겨야 할 것도 많은 것이 민선 군수지만, 군청 주차장 관리가 이래서야 어디 다른 것을 개선할수도 없고 그렇게 믿어지지도 않는다. 처음으로 가본 내 고향 내 군청은 변해도 크게 변화가 필요할듯 하다.

(합천신문,2019. 2.)♣

2.

혼란스런 버스 정류장 명칭

설날을 며칠 앞두고 강원도 영월에 갈 일이 있었다. 그런데 하필이면 하루 전날 많은 눈이 내렸다. 당초의 교통편은 승용차로 갈 예정이었다. 그런데 '눈길을 운전하는 남편이 불안하다'고 아내가 거부하는 바람에 할수 없이 대중교통을 이용하기로 했다.

핸드폰의 '길 찾기' 앱을 찾았다. '거주지인 용인 수지에서 일단 수원 시외버스 터미널로 가고, 그다음 영월행 버스로 갈아타라.'고 안내한다. 더 자세한 안내를 보면 집에서 수원 시외버스 터미널까지 바로 가는 노선버스가 없으므로 '아주대 입구' 정류장에서 하차한 다음, 다시 다른 버스로 환승하여 터미널까지 가라고 되어 있다. 초행이라 일찍 출발하여 아주대 입구 정류장까지는 무사히 잘 갔다.

그런데 버스에서 내린 '아주대 입구 정류장'은 실제 아주대 정문과는 꽤나 떨어진 곳이었다. 환승할 버스를 찾기 위해 '길 찾기' 앱을 다시 보니 내린 곳에서 좌측인지 우측인지는 몰라도 약 200미터 떨어진 또 다른 '아주대 입구 정류장'으로 이동하여 탑승하라는 것이다.

나는 이동할 방향을 고민하다가 또 다른 '아주대 입구 정류장'은 실제 아주대 입구의 근처이겠거니 판단하여 눈바람을 맞으며 200여 미터 정도 될 것으로 예상되는 곳까지 걸었다. 그리고 주위를 살폈다. 근방에 있어야 할 정류장이 어딘가에 있겠지? 그런데 아무리 정류장을 찾아도 보이지 않는다.

행인 몇 명에게 말을 붙여보았으나 리시버를 귀에 꽂고 있어 들리지 않는지 그냥 스쳐 가버린다. 또 어떤 중년 남성에게 상황을 설명하니 잘 모른다며 손사래를 친다. 갑자기 멍해졌다. 한참 후에 대학생인 듯한 여성이 오기에 전후 사정을 설명하니, 반대 방향으로 가야한다는 것이다. 힘이 빠진다. 장소와 위치가 전혀 다른 정류장인데 왜 명칭은 같은 걸까? 공공건물이 없어서일까? 어쨌든 기분 좋은 일은 아니다.

속으로 화가 났지만, 마음을 진정시키며 왔던 길을 되돌아갔다. 그

리고 반대 방향으로 200여 미터쯤 가니 정말이지 '아주대 입구 정류장'이 나오는 것이다. 환승할 버스가 도착하자, 나는 버스 기사에게 확인하고 싶었다.

"기사 아저씨, 시외버스 정류장으로 가시죠?"

"예, 맞습니다."

'이제는 확실하겠지?'하며 버스에 올랐다. 그런데 예상 소요 시간 10분을 달리고도 안내 방송은 시외버스 정류장이 아닌 다른 정류장 이름만 안내되는 것 같아 재확인하고 싶었다.

"기사 아저씨, 이 버스, 수원 시외버스 터미널로 가는 것 맞죠?"

"예? 수원 시외버스 터미널이라고요? 방금 수원터미널에서 출발해서 천안으로 가고 있는데요."

"아저씨, 아까 제가 버스에 타면서 물어봤을 때는 '간다.'라고 했잖아요?"

"아까 수원이라고는 안 하고, 시외버스 터미널이라고만 해서 저는 천안 시외버스 터미널을 말하는 것으로 알았죠. 이 버스의 종점이 '천안 시외버스 터미널'이거든요."

머리를 한 대 맞은 기분이다. 갑자기 진땀이 난다. 이 어처구니없는 상황에 나도 기사도 피차 모두 당황스럽다.

결국, 나는 다음 정류장에서 중도 하차하여 횡단보도를 건너 반대 방향으로 가는 버스에 환승하여 어렵게 수원 시외버스 터미널에 도착할 수 있었다. 확인 결과 '아주대 입구 정류장'은 네 군데나 되었다. 이토록 위치가 다른 4개의 정류장 이름을 똑같은 이름으로 사용하는 이유가 뭐란 말인가? 아주대 입구 근처의 지리에 익숙하지 않은 초행

길 여행객에겐 누구든 혼란스러울 수 밖에 없다. 이름을 붙일 공공기관이 부족하다면 '동(東) 아주대 입구', '서(西) 아주대 입구' 등으로 구분만 해줘도 혼선이 훨씬 줄어들 수 있을 것이다.

지하철역 사거리의 버스 정류장 이름도 비슷한 현상이 많다. 지하철역 사거리의 경우 버스 정류장이 통상 여덟 군데나 된다. 분당선 한티역 사거리를 예로 들어보자. 여덟 군데의 정류장이 있는데, 공공기관은 고용노동부 강남노동지청과 3개의 중고등학교가 모두이다. 그런데 고용노동부 강남노동지청이 있는 도로변의 정류장 이름은 그 공공기관의 명칭을 붙이면 쉽다. 문제는 대로(大路) 건너 버스 정류장 명칭도 동일한 '고용노동부 강남노동지청'이라고 되어 있다는데 문제가 있다.

초행자라면 가고자 하는 방향의 반대쪽으로 가는 버스를 탈 확률이 50%나 된다는 해석이다. 사실 그 반대쪽은 영리 기관인 강남 롯데백화점으로, 고용노동부 강남 노동지청과는 비교가 안 될 정도로 지명도가 크다. 그런데도 공공기관이 아니라서 버스 정류장 명칭으로 사용하기가 곤란하다면 최소한 '고용노동부 강남노동지청 건너편'이라고만 해도 원래의 고용노동부 강남노동지청 정류장과 구분할 수가 있다.

그뿐만 아니라 나머지 6개 정류장 중 3곳은 학교의 이름으로 되어 있어 구분이 되나, 나머지 3곳은 그냥 '한티역 정류장'으로 되어있다. 따라서 초행자의 경우 당연히 혼란스럽다. 그런 경우 원치 않은 방향의 버스를 탈 가능성도 높다. 이토록 버스 정류장 이름이 정확해야 하는 것은 그 지역을 잘 모르는 사람들을 위해서다. 버스 정류장 등의 이름은 그 주위를 잘 아는 거주자에겐 정류장 이름이 뭐라 하든 아니 정류장 명칭이 잘못되고 표시판이 없어도 불편하지 않을 수 있기 때문이다.

그 날 '아주대 입구'에서 헤매는 바람에 지리 공부는 되었지만, 결과적으로 약속 시각을 지키지 못하고 말았다. 당연히 점심도 굶었다. 나의 우둔함도 있지만, 버스 정류장이 준 혼선 때문에 못내 아쉽고 찜찜하다. 해가 갈수록 우리 사회가 여러모로 발전하고 개선되고는 있지만, 아직도 개선의 손길이 필요한 구석도 많다. 특히 단순한 행정 중심이 아니라, 누가 필요로 하고 이용하는가를 염두에 둔 '이용자 중심'의 행정이 되면 더욱 바람직하겠다 싶다.(2018.2) ♣

3.

솔로몬 왕은 현명한가?

우리는 '벌거벗은 임금'이라고 하는 안데르센의 단편작을 잘 알고 있다. 옛날 어느 나라에 욕심 많은 임금이 있었다. 하루는 거짓말쟁이 재봉사와 그의 친구가 임금을 찾아와 세상에서 가장 멋진 옷을 만들어 주겠다고 제안하며, 이 옷은 입을 자격이 없고 어리석은 사람에게는 보이지 않는 특별한 옷이라고 이야기한다. 임금은 기뻐하며 작업실을 내주고, 신하들에게 두 사람이 작업하는 것을 잘 살피라고 명령한다. 아무리 보아도 작업과정이 신하들의 눈에는 보이지 않았지만, 어리석음이 탄로 날까 두려웠던 신하들은 모두 멋진 옷이 만들어지고 있다고 거짓말을 하였다. 시간이 지나고 재봉사는 임금에게 옷이 완성되었다며 입어볼 것을 권하였고, 임금 역시 옷이 전혀 보이지 않았지만 어리석음을 숨기기 위해 옷이 보이는 척한다. 급기야 임금은 입을 자격이 없고 어리석은 사람에게는 보이지 않는다는 새 옷을 입고 거리행진을 했고, 그 모습을 본 한 아이가 "임금님이 벌거벗었다!"라고 소리치자, 그제야 사람들이 모두 속은 것을 알아차리게 된다.

솔로몬 왕이 현명한 왕의 대명사로 알려진 것은 한 아이를 두고 서로 자기 아이라고 주장하는 두 여인 앞에서 가짜 엄마와 진짜 엄마를 지혜롭게 가려내는(성경 열왕기 上 3장 24~25절) 재판이다. 이에 의하면 한 아이를 두고 두 엄마가 각자 자기 아들이라고 하니 솔로몬이 칼로 아이를 둘로 나눠주라고 명령한다. 이에 진짜 엄마는 아이를 죽이지 말고 가짜 엄마에게 주라고 하는 반면, 가짜 엄마는 아이가 죽어도 좋으니 반 토막으로 잘라서라도 달라고 한다. 이에 솔로몬 왕은 아이를 반 토막으로 잘라서라도 달라고 하는 것은 진짜 엄마로서 있을 수 없는 행위라고 생각하여 아이를 죽이지 말라고 하는 엄마가 진짜 엄마라고 판단을 내린다는 것이다.

오늘날은 엄마와 아이의 유전자 감식 일치 여부, 닮은 정도, 이웃의 증언 등을 종합해서 판단할 일이지, '산 아이를 칼로 반씩 나누라.'라는 즉, 아이를 죽이는 재판은 생각하기 힘들다. 더구나 가짜 엄마도 아들을 원해서 다툼을 하는 것인데 죽은 아이도 좋다고 한 얘기는 앞뒤가 맞지 않는다. 그런데도 우리는 그것이 현명한 재판이라고 배우다 보니 어느새 현명한 왕이 솔로몬 왕으로 회자되고 있다. 하지만 과연 솔로몬 왕이 현명한 왕인가? 만약 진짜 엄마와 가짜 엄마가 서로 달리 주장하지 않고, 둘 다 아이를 살려달라고 한다든가 아니면 아무런 주장을 하지 않는다면 솔로몬 왕의 판결대로 아이는 두 토막으로 나누어져 죽게 될 수도 있었다. 그런 판결이 어떻게 현명하다 할 수 있는가? 솔로몬 왕이 현명하다고 하는 것도 벌거벗은 임금처럼 우리가 속고 있는 것은 아닐까?

사실 솔로몬 왕은 아버지 다윗 왕에 이어 왕이 되었다. 다윗 왕은 직접 전투복을 입고 수많은 전쟁을 한 결과 이스라엘을 단단한 반석 위에 올려놓았지만, 행운아인 솔로몬 왕은 아버지가 물려준 영토에서 전쟁 한 번 치르지 않고 화려한 왕 생활을 하였을 뿐이다. 더구나 솔로몬의 화려함과 영광 뒤에는 백성들의 고통이 기다리고 있었고, 그것은 이스라엘의 분열을 가져왔다. 분열은 다시 이스라엘을 멸망케 했으며, 그 후 유대민족은 1948년 5월 이스라엘이 건국될 때까지 2천 년이 넘게 세계 각지로 흩어져 차별과 멸시 그리고 때로는 생명의 위협 속에 '디아스포라(Diaspora)'의 신세를 벗어날 수 없었다. 그 엄청난 파국을 솔로몬 왕이 원인 제공을 한 것이다. 솔로몬 왕은 이집트 여인 등 외국 여인과 정략결혼을 하기도 했고, 궁전을 짓기 전에 먼저 아름다운 성전부터 건축하여 예루살렘을 이스라엘의 종교 중심지로 삼았다. 그런 다음에 왕궁을 신축했다. 그러나 이러한 화려한 치적 뒤에는 백성의 고통이 수반되었다. 그중에 가장 큰 것은 과중한 세금과 부역이었다.

그 때문에 결국 솔로몬 왕이 죽은 뒤 이스라엘은 북 이스라엘과 남 유다로 분열되었다. 이에 대한 통상적인 성경 해석은 솔로몬이 많은 이방 여인과 정략 혼인하여 우상을 섬기고, 사치로 타락했기 때문이라고 한다. 그런데 더 실제적인 이유는 백성들에게 무거운 세금을 부과하여 고통스럽게 한 것이다. 이스라엘 백성들은 7년간 성전 건축에 동원되었고, 또 13년 동안 왕궁을 건설하는 노역에 시달려야 했다.

솔로몬의 뒤를 이어 아들 르호보암이 왕이 된다. 솔로몬의 신하들은 세금을 적게 내게 해주기를 간청하지만, 새로운 왕은 강경파에 휘둘려 아버지보다도 더 무거운 부담을 지게 하였다. 그 결과로 기원전

930년 남 유다와 북이스라엘로 분열되어 이스라엘을 두 동강 낸 셈이다. 두 동강이 난 이스라엘은 힘이 약해, 북 이스라엘은 기원전 722년 아시리아에 의해, 남 유다는 기원전 586년 바빌로니아 왕국에 의해 멸망한다. 바빌로니아 왕국은 남 유다 사람들을 끌고 가서 노예로 삼았는데, 이때부터 히브리족을 유다 사람들이라는 뜻의 유대인이라 부르게 된다.

395년 로마 제국이 동·서로 나뉘면서 팔레스타인 지역은 동로마 제국의 기독교 지역이 되어 예루살렘, 베들레헴, 갈릴리 등에 많은 교회와 수도원을 세웠다. 그러나 7세기경에는 이슬람교 세력이 이 지역을 점령하였고, 그 뒤로 약 4백 년 동안 아랍 왕조의 지배가 이어지다 보니 예루살렘은 메카와 메디나에 버금가는 이슬람교의 성지까지 되어 현대에도 끊임없는 갈등과 전쟁을 일으키고 있다. 알고 보면 그 근원은 현명하다고 하는 솔로몬 왕의 가혹한 세금과 노역 때문이다. 솔로몬 왕은 과중한 노역과 세금으로 이스라엘을 멸망케 한 원인을 제공하였으며 유대인들을 2천 년간 '디아스포라(Diaspora)'의 떠돌이로 만든 장본인인데 어떻게 현명한 왕의 대명사가 된다는 말인가? 우리는 모두 벌거벗은 임금처럼 속고 있는 것은 아닐까?

우리 사회의 의사결정은 영원한 선(善)도 영원한 독(毒)도 없는 것 같다. 경기가 좋지 않을 땐 정부가 돈을 풀어 경기회복을 기하고자 한다. 그것이 잘하면 선이요 못하면 악이 된다. 폴란드 민주화의 투사였던 바웬사 前 대통령은 최근 "세계적으로 분열, 대립, 갈등, 불신이 심각한 가운데 사람들을 선동하는 포퓰리즘이 득세하는 더러운 시대를 맞이하고 있다고 한다. 그는 포퓰리즘을 도구 삼아 민주주의를 후퇴

시키는 새로운 독재에 맞서야 한다."고 강조하고 있다. 그는 1983년 노벨 평화상을 수상했으며, 1989년 공산주의 정권이 무너진 뒤 1990년 대선에서 압도적인 지지로 당선돼 5년 임기를 마쳤다.

바웬사가 30년 만에 다시 민주주의 수호에 나선 건 폴란드 집권당 법과 정의당(PIS) 때문이다. 동유럽에 포퓰리즘을 전파하는 진원지인 법과 정의당은 백인 순혈주의를 강조하는 극우 민족주의와 현금을 뿌리는 좌파 복지정책을 결합한 양면(兩面)의 포퓰리즘 전략을 구사한다. 2015년 총선 때 이민자에 대한 혐오와 공포를 부추기는 캠페인을 내세워 집권했고, 2019년 총선에선 아동수당 연금 등 대량의 현금을 살포한 것이 위력을 발휘하며 재집권했다. 권력을 잡은 법과 정의당은 사법부와 미디어를 장악하며 장기 집권을 노리고 있다. 의회가 판사의 임면(任免) 및 징계 권한을 법원으로부터 빼앗아 사실상 여당이 사법부를 좌지우지할 수 있도록 만들었다. 공영방송을 정권 홍보 채널로 적극적으로 활용해 국민의 눈과 귀를 가리고 있다고 외신은 전하고 있다.

로또 예상 당첨 번호도 마찬가지다. 많은 SNS에서 제공하는 사이트들은 빅 데이터를 통해 누적통계와 숫자 조합 패턴을 분석한다고 주장하지만, 지금까지 로또는 655회 진행되어 빅 데이터는 고사하고 아주 작은 데이터에 지나지 않는다. 그리고 이 작은 데이터에서 1등 번호에 어떤 숫자들이 적게 포함되었는지를 파악해 그 숫자를 예상 당첨 번호라고 추천하는 것은 근거가 부족하다고 한다. 이처럼 합리적이지 않은 정보임에도 불구하고 당첨되고 싶은 마음에 속고 있는 사람이 적지 않다.

혹시 정치와 SNS에 홍수처럼 쏟아지는 각종 정보에 우리는 벌거벗은 임금처럼 속고 있는 것은 아닐까? 이 글을 쓰는 순간에도 내 모바일 카톡과 메일(Mail)에는 진실인지 가짜인지 모를 정보가 계속 날아들고 있다. (합천의 향기,2020.7) ♣

4.

재경 향우회 체육대회

130년 만의 무더위도 지나가고 아파트 단지 내 단풍잎 색깔도 어느새 붉게 물들고, 은행잎도 햇볕에 노란색을 더욱 선명히 발하는 가을이다. 오랜만에 하늘도 공활하여 어디론가 떠나고 싶은데, 때 맞춰 재경 향우들의 한마음체육대회가 열렸다. 지난 2016년 10월 30일 마지막 일요일, 17개 면 향우들이 잠실 보조경기장에 모여 친목과 운동경기로 즐거운 한 마당을 펼친 것이다. 벌써 32회 째를 맞는 대기록이다.

아침부터 서둘러서 종합운동장역 6번 출구로 나가는데, 운동장으로 가는 사람이 생각보다 한산하다. 두리번거리며 천천히 발걸음을 옮기고 있는데, 앞에서 서성이던 젊은 처자가 다가와 수줍은 듯이 묻는다.

"말 좀 묻겠십니더. 혹시 합천 향우회에 가는 깁니꺼?"

"예, 같이 가시죠!"

"아이고, 반갑네요. 행사장이 잠실보조경기장이라고 들었는데 처음 가는 길이라 어디로 가야 하는지 알 수가 있어야지예."

"예, 처음 오면 그럴 겁니다. 약간 외진 곳에 있습니다. 저를 따라오세요. 참, 저기 방향 표지판이 붙여져 있네요."

"아. 그러네예. 그렇지만 너무 작아 잘 보이지 않아 도움이 안 되는 것 같은데예……."

듣고 보니 방향 표시지를 붙인 사람은 나름대로 정성을 다하여 고생하며 붙여 놓았지만, 처음 오는 사람들에겐 별로 도움이 되는 것 같지 않다. 나는 속으로 "저걸 마케팅에서는 '고객 지향적'이지 않고 '공급자 중심적 사고'라고 하지…." 안내 표지는 그 장소를 모르거나 처음 오는 사람에게 필요할 뿐이고, 그 주위를 잘 아는 사람에겐 필요가 없다. 이왕 처음 오는 향우들을 위한 안내지라면, 좀 더 세심하게 만들고 붙일 곳도 골라 붙였다면 초행자에게 도움이 되어 좋았을 것이다.

운동장에 도착하니 경쾌한 음악 소리에 잔칫집 분위기이다. 내가 태어나고 자란 고향 면(面)의 현수막이 어디 있는지 찾아본다. 바로 입구에 자리하고 있다. 천막 안으로 들어서니 낯익은 재경 향우회 임원과 후배들이 부지런히 손님 맞을 채비를 하고 있다.

"아이고, 후배님들! 고생이 많네요. 역시 이렇게 봉사하는 사람이 많아야 선진 면(面)이요, 선진 사회이고, 선진 국민이 되는 거야!"

"선배님, 오시느라고 수고 많았습니다. 막걸리 한잔하시죠."

"아침부터 막걸리라! 그래 한잔하지 뭐!"

술에 약한 나는 금방 얼굴이 화끈거림을 느낀다.

"그러나 오늘 같은 날은 얼굴이 붉다 하여 이해 못 해줄 사람은 없겠지……."

취기 속에 안부도 묻고 고향 얘기도 하다 보니 어느새 합천에서 농악대를 비롯하여 면장 등의 유지들도 도착한다. 한바탕 왁자지껄 하다.

체육대회 등에 주도적으로 참여해 경험한 사람은 느끼는 것이지만, 큰 행사일수록 집행부는 며칠간 머리를 맞대며 논의하고, 참석을 독려하는 등 수고가 이만저만이 아니다. 더구나 막대한 행사 비용을 조달하기 위해서는 회장 등 집행부와 관계자들의 주머니 사정도 신경이 쓰인다. 그 노고가 눈에 선하다. 그런 분들의 노력과 재무적 협찬이 있기에 행사가 잘 진행돼, 참여한 향우들은 부담 없이 즐길 수 있는 것이다. 우리 쌍백면 향우들은 다른 면에 비해 단합이 잘 되는 것 같아 고마울 따름이다.

드디어 개회를 알리는 사회자의 마이크 소리에 17개 읍면 재경 향우 3,000 여명이 각자 자기 면의 농악대를 선두로 차례로 본부석을 거쳐 운동장에 도열한다. 여기까지는 좋다. 여러 사람이 모인 곳에서는 최소한의 의례가 필요하기 때문이다. 다음 순서부터 집행부와 참여 향우들은 제각각 '따로 국밥'이다. 의례의 순서와 시간 배정이 상식적이고 자연스럽고 합리적이어야 하는데 곳곳에 어색하고, 고개를 갸우뚱하게 만드는 장면이 눈에 들어온다. 2% 부족이 아니라 20% 정도 빗나가고 있다.

첫째, 재경 합천군 향우회의 연중 제일 큰 행사인지라 여러 곳에서 모신 내빈이 많은 것은 좋고 당연하다. 이분들 중에는 선거직이 많아 이런 기회에 얼굴 알리고 목소리를 각인시키는데 절호의 기회일 수도 있다. 그러나 미안하지만 운동장에 서 있는 향우들은 누가 무슨 말을 하는지 귀담아들으려 하지 않는다. 아무리 귀를 쫑긋 세워보지만 주위의 잡담 때문에 단상의 목소리는 그 목소리로 잘 들리지도 않는데 지루한 내빈 소개가 길어지고 그저 그런 축사와 격려사가 계속되어 운동장에 서 있는 향우들을 짜증나게 할 뿐이다.

문제 해결은 축사와 격려사를 할 사람을 가능한 한 줄여야 할 것이다. 그것도 짧게 하도록 유도하여야 한다. 21세기 기술 첨단 시대에 차라리 비용이 들더라도 영상 장비를 빌려다가 처리하거나, 선거직 VIP들은 개회식이 끝난 후 각 천막을 돌면서 대면하며 인사하는 것이 더 유효하고 자연스럽지 않을까 싶다.

둘째, 한마음체육대회는 향우들의 많은 참석이 무엇보다도 중요하다. 그렇게 하려면 각 면의 임원진이 자기 면의 향우들이 운동장에 많이 나오도록 자발적으로 독려해야 하고 군 향우회 본부 측에서도 운동경기 점수 부여 등과 시스템적으로 연계가 되어야 한다.

생각해 보자. 어떻게 하여 2명이 하는 윷놀이와 6명이 하는 400m 계주와 30명이 하는 줄다리기의 배점이 모두 각각 100점으로 같아야 하는가? 경기는 그렇다 치더라도 최다 참가상에 100점만 부여하고 다음으로 많이 온 면과 차이가 크게 나더라도 점수 차이가 없으면 각 면 향우회의 일원들은 자기 고향의 향우들을 체육대회에 참석토록 할 유인책을 찾을수 없게된다.

이는 마치 중고생에게 우리 역사를 아는 것이 중요하다면서도, 대입 시험에 국사 시험을 없애는 것과 같다. 한마음체육대회가 풍성하려면 무엇보다도 많은 향우의 참석이 중요하다. 그렇게 하기 위해서는 2명이하는 윷놀이 우승에 100점을 준다면 최다 참가상의 배점은 적어도 300점은 주어야 하지 않겠는가?

셋째는 이런 중요한 내용을 결정하는 재경 합천군 향우회의 조직이 17개 읍면의 회장으로 구성된 가장 기본적이고 중요한 회장단도 아니고, 각 읍면의 총무들로 이루어진 운영위원회도 아니다. 회칙에는 조직구성도 애매한 "이사진"에서 결정하도록 하고 있는데, 그 이사 구성에 근본적인 문제가 있다.

현재 이사진은 9명인데, 회장이 속한 면에서 3명, 또 다른 면에서 2명, 그리고 4개 면에서 각 1명씩 4명으로 이루어져 있다. 다시 말하면 17개 읍면에서 11개면은 의사결정에서 제외된 것이다. 예를 들어 한마음체육대회에 앞서 열린 임원 회의에서는 거론도 되지 않은 '협찬금 기여도'란 것을 만들어 점수화를 한 모양이다. 그 발상은 특이하거니와 이사진에서 그걸 결정한다니 각 면의 회장과 총무는 내용을 모를 수밖에 없지 않은가? 더구나 회장이 낸 협찬금이 회장이 속한 면의 점수로 집계되어 환산된다니, 만약 사실이라면 회장은 재경합천군 향우회의 회장이 아닌 그 면의 회장이란 말인가?

군 향우회 중요 의사결정은 각 읍면의 대표로 구성된 회장단이나 운영위원회에서 하든지, 굳이 별도의 이사진을 구성해서 해야 한다면 각 면에서 한 사람이 참여하는 이사진이어야 하지 않겠는가?

넷째, 개회식도 중요하지만 폐회식도 중요하다. 오후 4시, 폐회를 앞두고 고향에서 오신 군수는 "재경합천군 향우회는 다른 지역 향우회보다 적극적이고 모범적이라 고향에 가면 널리 알리고 자랑하겠다."라고 하지만 이미 운동장은 참석한 사람의 10%도 안 남은 썰렁한 들판일 뿐이다. 향우회 회장도 '시간을 정확하게 지켜 폐회를 선언하게 되어 기쁘다.'라고 했지만 이미 폐회가 된 것이나 다름없지 않은

가? 안타까울 따름이다. 이 부분에 집행부가 진지하게 고민하여야 할 것이다. 그 대안으로 체육대회와 함께 모든 사람이 동참하기 좋은 노래자랑 등을 가미하는 것도 한 방법일 것이다.

이상의 개선할 점이라고 나열한 것은 우리 재경 향우들의 한마음 체육대회가 잘 안 돼 있다는 것이 아니다. 더구나 고생한 집행부를 폄하하기 위한 것도 아니다. 오히려 격려하기 위함이요, 군 향우회 체육대회가 한마음으로 더욱 화합하여 고향 발전에도 기여하기를 바라는 마음에서 한 고언이다. '질문과 비판이 없으면 발전과 성장도 없다.' 라는 유대인 격언으로 관계자들의 양해를 바란다. 재경 합천군향우회 파이팅! (2016,11) ♣

(참고: 이 글은 2016년에 필자가 분석하여 쓴 글이다. 그 이후 어떻게 변화되고 개선되었을지는 자세히 모른다. 다만 크게 바뀌지 않았을 것이라 생각되어 책에 싣는다.)

5.

코로나야 물러가라!
대면 강의가 그립다.

"뭐라고? 코리아라고 했니, 코로나(corona)라고 했니?"
하고 많은 이름 중에 코로나가 뭐람? '코로나'라는 바이러스가 출현했다고 했을 때 우리나라의 영어 명칭인 코리아와 발음이 비슷하여 처음부터 기분이 언짢았다. 이 바이러스가 중국에서 처음 발병되었으나, 동양 지리에 이해가 부족한 자들에겐 코로나가 코리아와 발음이 비슷하다는 이유만으로 코로나의 발원지가 우리나라로 오해할 수도 있겠다 싶었기 때문이다. 그러나 저러나 아무리 코로나가 유별스럽다 하더라도 소위 말하는 제4차 산업혁명의 시대인 오늘날 인류에게 잠시 겁만 주고 물러설 줄 알았다.

그런데 이 놈의 코로나가 진원지가 중국 우한시라고 세상에 알려진 지 1년이 지났는데도 환자가 감소하기는커녕 계속 늘어나고 있다. 걱정이 되지 않을 수 없다. 이러다간 전 세계의 산업 위축은 물론이고 온 지구인을 말살시킬지도 모른다는 공포가 태산을 넘어 에베레스트

산으로 오르는 중이다. 발도 없는 이 바이러스는 육·해·공을 가리지 않고, 사람, 비행기 또는 선박에 무임승차하면서 국경도 없이, 온다간다는 말도 없이, 더구나 밤낮을 가리지 않고 전세계를 휘젓고 다닌다.

이 '코로나'는 사람을 포함한 다양한 동물에 폐렴이나 기관지염 등으로도 발전하는 모양이다. 14일 정도의 잠복기를 거쳐 발열과 기침, 인후통, 호흡곤란 증상이 나타난다. 사람과 사람 간에는 비말(飛沫), 즉 '사람의 침이나 콧물 등이 다른 사람의 코나 입으로 들어가 감염되는 방식'이다.

코로나 때문에 발생되는 여파는 이루 말할 수 없이 크다. 하루 종일 갑갑하여도 마스크를 착용해야 하는 불편은 전 세계인에게 공통적인 기본사항이다. 세계 170여 국이 외국인에 대한 입국 제한 조치를 실시한 바람에 항공편이 두절되고, 여행객이 두절 또는 고립되고, 수출입이 위축되어 실업자가 속출하고 있다. 2020년 11월 현재 코로나 확진자수는 4천만 명을 넘어섰고, 이 중 사망자 수는 218개국에 백만 명이 넘는다고 한다. 다행인 것은 의술의 발달로 중세의 흑사병 보다는 대처를 잘 하고 있는 편이라는 점이다.

중세의 흑사병(黑死病, Plague, 페스트)은 1300년대 초 중앙아시아의 건조한 평원지대에서 시작되어 실크로드를 통해 1340년대 말 유럽으로 상륙한 후 1351년까지 유럽 전체 인구의 30~40%를 몰살시키면서 전 유럽을 초토화시켰다. 유럽의 인구는 2세기가 지난 16세기가 돼서야 페스트 창궐 이전 수준으로 회복되었단다. 다행히 19세기 말 파스퇴르에 의해 치료법이 개발되면서 페스트는 역사 속으로 사라졌다.

'코로나'라는 전대미문의 괴물은 우리 사회, 우리의 일상생활은 물론 발랄한 캠퍼스의 분위기마저 썰렁하고 삭막하게 만들고 있다. 교수는 교실에서 학생들과 눈을 맞추며 강의를 해 왔던 것인데, 요즘은 학생이나 수강생의 얼굴은 보지도 못하고, 줌(zoom)이나 동영상을 찍어 비대면(非對面)으로 수업을 하고 있다. 이렇게 함으로써 그나마 지식은 조금이나마 전달되겠지만, 이것으로 대학 수업이라고 할 수 있겠는가? 그렇다고 당분간은 이 방법 외에는 별 뾰족한 수가 없다니 난감할 뿐이다. 어쩌면 이 방법이 진화되어 향후 학습방법의 새 이정표가 될지도 모른다는 기대도 해 보지만, 새로운 변화에 대한 두려움이 앞서는 것도 사실이다.

학생들도 없는 텅 빈 교실에서 허공을 향해 강의 동영상을 촬영하다 보면 문득 '지금 내가 무얼하고 있지? 연기를 하나?'하는 생각에 허탈감과 무기력감이 밀려든다. 동영상을 준비하다 보면 금세 1주일이 지나간다. '며칠 전에 어렵게, 아니 쑥스럽게 촬영했는데 또 촬영을 해야 해?'라고 투덜거리면서 또 한 주를 맞이한다.

나는 이런 연기에는 애당초 소질이 없는 모양이다. 지난 학기에 학생들로부터 받은 강의 평가가 대면(對面) 강의 때와 너무 차이가 커 놀란 적이 있다. 이번 학기에도 비슷하리라. 하루 속히 '코로나'가 사라져 다음 학기는 대면 강의를 할 수 있기를 막연하게나마 기대해본다.
(합천신문, 2020. 12.)♣

6.

헷갈리는 '원-달러 환율, 조직신학, 차입자'

우리나라의 화폐 단위는 원화(₩)이다. 마찬가지로 미국은 달러($), 유럽은 유로(€), 일본은 엔(¥), 중국은 위안(元)을 사용하고 있다. 그런데 국가마다 화폐가치가 다르기 때문에 환전(換錢)에 있어서 차이가 생기게 되는데, 이 비율을 우리는 환율(換率, exchange rate)이라고 부른다. 특히 우리나라의 경우 세계 12위 규모의 무역국으로서 환율이 갖는 중요성은 매우 크다.

예를 들어 환율이 1달러당 1,000원이고 국내 제조원가가 변하지 않는 상태에서, 환율이 1달러당 1,100원으로 변한다면 수출업자는 환율이 변하기 전과 비교하여 1달러당 100원의 이익을 더 얻게 되므로 유리한 상황이 된다. 반대로 수입업자의 경우에는 이전과 같은 물건을 1달러당 100원을 더 주어야 동일한 물건을 수입할 수밖에 없으므로 자신의 이익을 줄이거나 국내 판매가격을 높여야 하므로 경쟁에 불리해진다. 이렇게 1달러당 환율이 1,000원에서 1,100원으로 변화되었을 때 환율이 올랐다고 해야 할까 아니면 내렸다고 해야 할까? 달러를 기준으로 해서 원화를 설명하면 1달러당 1,000원이던 교환 비율이 1,100원으로 바뀌었으니 환율이 올랐다고 한다. 그러나 원화의 가치는 변화 전에 비하여 하락하였다. 소위 평가절하(平價切下)가 된 것이다.

이런 경우 방송 등 언론 매체에서는 일반적으로 '원-달러 환율'이 올랐다(또는 상승했다)고 한다. 우리 돈의 가치가 하락되었는데도, 환율은 올랐다고 하니 환율 전문가가 아닌 보통 사람들은 헷갈릴 수밖에 없다. 일반인들은 우리 돈의 가치가 올라간 것으로 오해하는 경우가 많다.

그러면 왜 이런 혼란이 발생할까. 이는 우리가 막연히 말하는 '원 달러 환율'이 구체적으로 원-달러 환율인지, 원/달러 환율인지 또는 원(1)·달러 환율인지 명확하게 구분하지 않고 각자의 입장에서 편의적으로 사용하기 때문이며, 아리송한 용어 자체에도 원인이 있다. 비교대상인 원화와 달러화 둘 중 어느 것을 기준으로 하여 올랐다(또는 내렸다)는 것인지 명확하지 않기 때문이다. 물론 달러를 기준으로 해서 원화의 교환 금액이 올랐다면 '원-달러 환율이 올랐다'는 식으로 표현한다. 하지만 정확히 이해하는 것은 소수의 사람 외에는 헷갈리는 것이 오히려 정상이다.

이러한 혼선이나 오해를 불식시키기 위해서는 상식적이면서 자연스러운 용어로 보정(補正) 할 필요가 있다. 즉, 현재 사용하고 있는 '환율'이나, '원-달러 환율' 대신에 '달러 당(当) 원화 환율'이라고 하면 어떨까? 또는 '달러 당 환율' 그리고 엔화의 경우 '엔화(¥) 당 원화 환율'처럼 용어를 변경하면 어떨까? 이는 우리 식의 표현이기도 하고, 말 그대로 1달러당 원화의 가치를 나타내주는 것으로 어느 나라 화폐의 가치가 변동되었는지 어렵지 않게 이해할 수 있기 때문이다.

'원-달러 환율' 외에도 헷갈리는 용어가 많다. 예를 들면 기독교 목회자 중에는 학위 소지자가 많은 편인데 전공을 물어보면 '조직 신학'이라고 하는 분이 의외로 많다. 교회라고 조직학이 필요하지 않은 것은 아니지만 전공하는 분이 생각보다 많아, 그 내용이 무엇인지 묻다가 실소(失笑)를 하지 않을 수 없었다.

'조직 신학'이란 것이 인간관계를 조직(organizing)한다 할 때의 조직이 아니라, '이론적이고 체계적(systemic)인 신학'이라는 뜻, 즉 이론신학이라는 것이다. 그렇다면 지금이라도 '조직 신학'을 '이론 신학'이라고 변경하면 더 이상은 혼란스럽지 않고 상호 의사소통이 잘 되지 않겠는가?

또 다른 경우를 보자. 지인(知人)이 억울하게 수원 구치소에 수감된 적이 있었다. 사실 관계가 명확하여 피의자는 자신만만하고 여유있게 대처한다는 것이 그만 법정에서 패소하여 영어(囹圄)의 신세가 된 것이다. 물론 억울한 누명으로 6개월 정도 수감되었다가 2심 재판에서 무죄로 풀려났다. 수감 중에 하도 딱하여 구치소를 물어물어 면회를 한 뒤 약간의 돈과 책을 넣어 달라고 관계자에게 부탁했다. 그 직원은 비치된 인쇄용지에 내용을 기입하여 접수시키라는 것이다. 그런데 용지에는 아무리 살펴봐도 접수자의 이름 난이 없기에 물었더니 첫 칸에 적으면 된다는 것이다. 처음 면회를 갈 때는 분위기가 어색하고 얼떨떨하여 책과 봉투를 전달했으면서도 어떻게 했는지 기억이 나지 않는다. 두 번째 면회를 할 때였다. 수감자에게 전하고 싶은 것이 있으면 인쇄된 소정의 쪽지 빈 칸에 인적사항 등을 기입해야 한다기에 “선생님, 주는 사람의 이름은 어디에 기입하나요? ‘주는 이’ 같은 난이 안 보입니다. 아 참, 여기 차입자는 무슨 뜻이에요?” 직원은 구치소에선 주는 사람이 차입자가 된다는 것이다.

인터넷에 검색하니 1) ‘돈이나 물건을 빌린 사람’이란 뜻인 차입자(借入者) 외에 2) ‘교도소나 구치소에 갇힌 사람에게 음식, 의복, 돈 따위를 들여보내는 사람’의 뜻인 차입자(差入者)란 법률 용어가 별도로 있다. 물론 우리식 한자도 아니고, 전달력도 약하다. 더구나 양식엔 한글로 ‘차입자’로 되어 있어 일반인들은 고개를 갸우뚱하지 않을 수 없다.

문득 전국 구치소가 모두 그렇다면 중대한 문제이므로 ‘맡긴 이’ 등과 같이 내부적으로 논의 후 수정하면 좋겠다고 건의하고 돌아서는데, “민원을 제기하지 않으면 개선하기 쉽지 않을 거요.”라고 하는 공무원의 응답에 나는 한동안 멍하고 씁쓸했다.

세계 10위권 내외의 경제대국인 우리나라가 많이 발전되었다고 하지만 “내가 낸 세금이 저런 공무원의 인건비로 지출되어야 하는가?”라 생각하니 가슴이 답답할 뿐이다. (합천신문, 2021. 4.) ♣

7.

산수갑산이냐 삼수갑산이냐?

시골에서 중학교를 마치자마자, 바로 서울로 올라와 고등학교 진학을 했다. 그후 서울에 온지 6개월만인 1학년 여름 방학 때가 되어서야 부모님이 계시는 고향에 들를 수 있었다. 당시 서울에 간다는 것이 만만치 않던 시절이라 고향 사람들 중에서 서울 구경을 한 사람은 극소수였다. 나의 경우도 한 학기의 서울 생활이라지만 집과 학교를 개미 쳇바퀴 돌 듯한 것에 불과하여 서울을 잘 아는 것도 아니었다.

그러다가 어느 날 중학교 동기생을 만나니 화제가 자연스럽게 서울의 이모저모였다. 아는 것은 많지 않아도 본 대로 느낀 대로 이야기하던 중, 그 친구가 나에게 "전차를 타 봤느냐?"고 묻는 것이다. "미안하지만, 전차를 본 적도 없고, 따라서 타 보지도 못했다"고 했다. 그런데 그 친구는 변두리가 아닌 서울중심 종로에는 지금도 전차가 다닌다고 강변하는 것이다. 서울에 한 번도 가지 못한 그 친구의 큰 목소리에 나는 그만 지쳐 버렸다. 서울에 안 간 사람이 서울에 사는 사람을 이긴 꼴이다. 그 뒤 자초지종을 알아보니 서대문에서 동대문 사이에 전차가 다니고 있었는데, 폭발적인 서울 인구증가로 전차가 오히려 교통의 장애가 된다고 평가하여 1968년 12월에 운행을 중단했다는 것이다. 내가 상경하기 바로 1년 전이다. 그 친구는 왜 그 때 사실도 아닌 일을 끝까지 우겼을까? 그 후 그 동기생의 자존심을 위해 물어보지는 않았지만 이해가 되지 않는다. 전차가 뭐 그리 대수라고…? 이는 아직도 24절기를 음력이라고 우기는 일부 사람들과 같다.

지피지기 백전백승(知彼知己 百戰百勝)이란 상대를 알고 나를 알면 전승할 수 있다는 말이다. 유명 인사의 칼럼에서도 이 문장이 자주 인용되면서, 〈손자병법(孫子兵法)〉에 나오는 말이라고 덧붙인다. 그런데 〈손자병법〉에는 이런 말이 없다. 다만 비슷한 뜻으로 '지피지기 백전불태(知彼知己 百戰不殆)'라는 표현이 나올 뿐이다. 즉 '상대를 알고 나를 알면 백 번을 싸워도 위태롭지 않다.'는 뜻이다.

그렇다면 '지피지기 백전백승'은 어디에서 나온 걸까? 이런 표현은 삼국지 촉나라 승상(상서령) 비위(費禕)가 대장군 강유와 어전에서 북벌과 관련된 설전을 벌일 때, 비위가 '지피지기 백전백승, 즉 나를 알고 적을 알면 백전백승'이라고 한 데서 유래되었다.

우리는 종종 "산수갑산을 가는 한이 있더라도 나는 절대 그건 못해"라는 표현을 들을 때가 있다. 이러한 표현에서 '산수갑산'은 '몹시 어려운 상황'이라는 것을 강조하는 데 있다. 위 문장에서 '산수갑산(山水甲山)'이 아니라 '삼수갑산(三水甲山)'으로 해야 맞는 표현이다.

'삼수갑산'은 '강'이나 '산' 이름이 아니다. '삼수'는 함경남도 압록강 지류에 접하고 있는, 세 개의 큰 물줄기가 합류하는 곳으로 북한의 지명을 뜻한다. 이 '삼수'는 국내에서 가장 추운 지역에 속하고, 험한 오지(奧地)로도 유명하다. '갑산'은 함경남도 개마고원의 중심부에 있는 지역이다. '갑산'은 산세가 험하여 접근하기도 어렵다. 따라서 '삼수'와 '갑산'은 험한 오지에 춥기도 해 예부터 중죄인(重罪人)을 귀양 보내는 지역으로 손꼽혔다.

삼수갑산 외에도 우리가 습관적으로 잘 못 알고 있는 경우가 있다. '풍비박산(風飛雹散)'에 대한 '풍지박산', '복불복(福不福)'에 대한 '복걸복'도 잘못이다. 틀리기 쉬운 4자 성어를 예로 들어 본다.

1) 토사광란(x), 토사곽란[吐瀉癨亂](o)
2) 동거동락(x), 동고동락[同苦同樂](o)
3) 성대묘사(x), 성대모사[聲帶模寫](o)
4) 유도심문(x), 유도신문[誘導訊問](o)
5) 양수겹장(x), 양수겸장[兩手兼將](o)
6) 일사분란(x), 일사불란[一絲不亂](o)
7) 홀홀단신(x), 혈혈단신[孑孑單身](o)
8) 동병상린(x), 동병상련[同病相憐](o)
9) 체면불구(x), 체면불고[體面不顧](o)
10) 생사여탈(x), 생살여탈[生殺與奪](o)

얼굴이 순해 보이면 대부분 법 없이 잘 살 거라고 기대한다. 그러나 간혹 텔레비전 화면에 비치는 착하디 착해보이는 사람이 여러 사람을 살해한 중죄인이라고 보도될 땐 혼란스러워 지는 것은 기대감의 차이 때문이다.

아프리카 케냐의 수도 나이로비는 적도(赤道)에서 80킬로 정도 남쪽에 자리하고 있다. 그렇다면 '지구의 적도 지역은 더워.'라는 기대감으로 나이로비도 평균 섭씨 38도 정도는 될 것으로 생각하는 경향이 있다. 그런데 막상 나이로비에 내리면 평균 섭씨 20도 내외의 살기 좋은 곳임을 확인하고는 혼란스러워진다. 그곳이 살기 좋은 것은 지대가 높기 때문이다. 평균 해발 고도가 설악산 정상 높이라 적도 근처이지만 시원한 것이다. 가능한 정확한 내용으로 이야기하는 습관을 기르는 것이 좋을듯 하다. (2021. 3.) ♣

6부

걸으며 생각하며

1.

사색의 길

8년 전의 일이다. 결혼 후 12번째로 이사하던 날이었다, 짐 자체는 이삿짐센터에서 다 알아서 한다고 하지만, 주인으로서 챙겨야 할 것이 한둘이 아니다. 아내는 물론이고 나도 나름대로 이사를 준비하느라고 신경을 쓴 탓인지 몸살에 머리까지 어질어질하다. 이제 이사 소리만 들어도 짜증이 나는 것 같다. 분주하게 움직이다 보니 금세 점심때가 되었다. 나는 아내가 주문한 짜장면을 거실 한쪽에 놓아둔 채, 나의 심경을 말했다.

"여보, 나는 두 번 다시 이사 안 갈 거야. 우리 삶에 이사는 이것으로 끝이야! 알았지?"

하지만 아내의 반응은 이사를 또 할 수도 있다는 여운을 남긴다.

"나도 그렇게 되었으면 좋겠어! 그런데 상황이 변하면 난들 어쩌겠어?"

사실 부동산을 매매한다든지, 이사를 한다든지 하는 일은 한 가정으로 보면 매우 중대한 일이다. 그런데도 대부분 가정에서 이런 것에 관한 의사결정은 남편보다 아내가 하는 경우가 많다. 그것은 직장에 다니는 남편의 경우 이사에 관한 사전 지식을 알아볼 시간도 없거니와 정보도 부족하기 때문이 아닌가 싶다.

아니나 다를까, 바로 2년 전의 일이다. 아내는 상의할 게 있다며 같이 의논 좀 해보자고 한다.

"여보, 요새 우리가 가진 현금도 없는데, 지출할 곳은 많아지니 걱정이네. 그래서 말인데, 아무래도 이사를 해야 해결이 될 것 같아."

"이 집에 이사 올 때, 다시는 이사하지 않기로 약속했잖아? 정말 이사를 꼭 해야 해?"

"당신 맘 모르는 것은 아니지만, 대안이 있어야 말이지. 이 집은 전세를 놓고, 그 자금의 일부를 재개발에 투자한 부담금에 충당하고, 남는 돈에 맞춰 이사해야 할 형편이야."

어조는 의논이지만, 보유 자금이 없는 나로선 대안이 있을 리 만무하고, 결국 또 이사 할 수밖에 없다는 통보를 듣는 자리가 되었다. 그것도 이제는 서울특별시민에서 경기도민으로 가야 할 것 같다는 것이다. 순간 눈시울이 뜨거워진다. 이사 가기를 싫어하는 내 표정을 계속 보기가 미안한지 아내도 고개를 돌린다.

그렇다. 아내의 머릿속엔 이미 이사가 루비콘강을 건너가고 있는 모양이다. 아내의 이사 작전 도상에는 이사라는 전투는 이미 결정되었고, 어떻게 하면 효율적이고 명예로운 입주를 할 수 있을까 하는 고민만 남은 것이다. 흔히 '피할 수 없으면 즐기라.'라는 말이 있지만, 이왕에 하는 이사인데 마음을 편안하게 먹기로 했다. 이사를 한다는 것은 예나 지금이나 쉬운 일이 아니다. 아들만 둘인 우리는 둘다 모두 결혼하여 분가시켰기에, 학군과는 상관없이 입주할 아파트가 교통이 편리하고 주위 환경이 무난하면 족하다.

'살던 집이 전세 계약을 하게 되면 시간이 촉박하겠구나!'라고 느끼고 있던 터에, 정말 살던 집이 금세 계약이 되어, 이사 갈 집을 빨리 구해야 했다. 그래서 새 보금자리를 튼 곳이 '신분당선 상현역' 주위의 아파트였다. 그곳은 전세금도 서울과 비교하면 저렴하고, 공기도 좋기 때문이다.

이사하는 날 새벽, 하얀 서설(瑞雪)이 내려 우리를 축복하는 것 같았다. 상현동은 나에겐 낯설고 생소했다. 다만 전철역까지 5분 거리에 있는 아파트라면 교통은 좋을 것이라고 생각했다. 그러나 그것은 착각이었고 나의 아전인수식 해석이었다. 즉, 우리는 '걸어서' 5분 정도로 생각했지만, 중개업자는 '승용차'로 5분이라는 뜻으로 말했다는 것이다. 이사 하고, '상현역'을 물어물어 가보니 30여 분이나 소요되었다. 버스를 이용할 때도 네 개의 정류장을 지나야 했다.

'교통 하나는 편하겠지' 기대하고 온 나로서는 실망이 이만저만이 아니다. 그런데 그것이 전화위복(轉禍爲福)이 될 줄이야. 입주할 아파트 앞쪽에 야트막한 수목공원(樹木公園)이 있고, 그 수목공원으로 향하는 쪽문이 있었다. 쪽문을 나와 산자락을 넘으면 신대호수로 흐르는 개울이 나오는데 개울을 따라 걸으면 상현역까지도 15분 정도면 충분히 갈 수 있다.

나는 인적이 드문 이 길을 좋아한다. 아니 사랑하고 싶다. 입장료를 내고라도 걸을 가치가 있는 아름다운 길이라 생각한다. 그래서 내가 자주 걷는 이 길을 '사색의 길'이라고 이름 지었다. 사색의 길은 봄이면 목련, 개나리, 진달래가 피고, 노란 민들레, 제비꽃 등이 미소 짓는다. 개울의 양옆 언덕에는 쑥이 파릇파릇 자라고 있다. 가위로 부드러운 쑥만을 잘라다가 국을 끓이면 구수한 고향의 향기가 묻어난다. 아마도 이 세상에 이보다 더 맛있는 국이 있을 수 있을까 싶을 정도다.

개울을 따라 늘어선 초등학교, 중학교, 고등학교의 철조망 담장에는 빨간 장미가 흐드러지게 핀다. 레드 로즈 가든(Red Rose Garden)이 연출된다. 이 광경에 접하면 아무리 감정이 무디고, 아무리 이성적인 사람이라 할지라도 가던 길을 멈추고 사진 한 장에 추억을 담거나, 길옆 군데군데 설치된 벤치에 앉아 사색에 잠기지 않을 수 없다. 개울 물소리는 바닥의 높낮이가 바뀜에 따라 리드미컬하게 졸졸, 쫄쫄, 줄줄, 출출, 콜콜, 쿨쿨거리며 경쾌하면서도 다양한 소리를 선사한다. 겨울이면 가을에 자란 갈대에 하얀 눈이 살포시 내려앉아 솜사탕을 연상케 한다.

올해도 벌써 2월 중순이다. 이삼일 전만 하더라도 쌀쌀하더니만 어제는 완연한 봄으로 착각할 만큼 기온이 올랐다. 아파트 밖을 나서니 훈풍이 불어온다. 곧 봄이 가까이 왔다는 징후다. 어느새 나는 내가 이름 붙인 "사색의 길"로 들어섰다.

문득 초등학교 시절, 내 짝꿍은 집에 도시락이 없어 사발에 밥을 담고 감잎으로 덮어 도시락으로 가져온 것이 떠오른다. 그런 사실이 부끄럽다고 생각한 그 친구는 한참이나 망설이며 가져온 밥을 내놓지 못하다.

"가져온 밥꺼내 묵어! 벤또 못 가져온 애들도 많은데.... 니는 그래도 밥은 있다 아이가?"

내 말에 조금은 안심이 되는지, 밥을 꺼내 먹던 모습이 오늘따라 강하게 내 뇌리에 스친다.

"그때 그 짝꿍 친구는 지금쯤 어디에서 무엇을 하고 있을까? 그 친구의 근황을 아는 친구가 없다. 혹시 이 세상에 없는 것은 아닐까? 어쩐지 불길한 생각이 든다. 아니야, 다음에는 긍정적인 사색을 해야지!" 그때 서산 저 너머로 석양이 타는 듯이 붉게 지고 있었다. (합천신문,2020.2) ♣

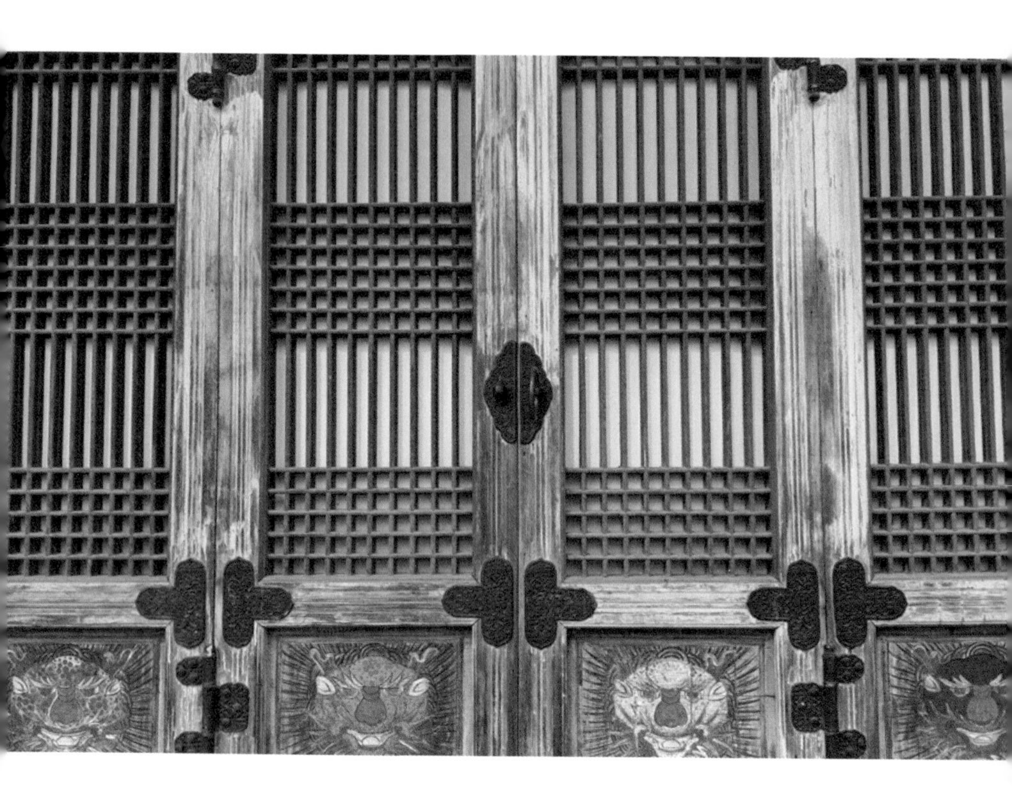

2.

정암 수목공원과 솔가리

2년 전 나는 이사하기가 정말 싫었지만 어쩔 수 없이 서울에서 용인시로 이사를 했다. 결혼 후 13번째다. 막상 하고 나니 그런대로 좋은 점도 나타난다. 집에서 전철역까지의 거리가 걸어서 약 '15분' 정도인데, 그 길이 조용하고 아름다워서 걸으면서 사색하다 보면 금세 도착한다. 금상첨화로 야트막한 야산이 아파트 바로 앞에 있는데 맑은 공기며 멋있는 풍취가 삶을 풍요롭게 해준다. 또한 수목공원(樹木公園)이라는 산이 있어 구청에서도 관리에 신경을 쓰는 편이다.

공원의 정상은 아파트 15층 정도 높이인데, 내가 사는 9층에서 산을 바라보면 바로 코앞인 듯, 사계절의 변화를 뚜렷하게 볼 수 있다. 집 주변에 이런 공원이 있다는 것은 아무나 누리는 축복이 아니다. 무엇보다 숲에서 뿜어내는 피톤치드를 맘껏 마실 수 있고, 커피 한 잔을 마시며 유리창 밖의 산을 바라보노라면 마치 풍경화 한 폭 속에 있는 듯한 착각이 들기도 한다.

공원은 끊임없이 나를 오라고 손짓한다. 그래 최소한의 반응이라도 보여 주자. 어느 포근한 토요일 오후, 나는 편한 복장을 하고 아파트 앞 쪽문을 거쳐 야자 매트로 포장된 비탈길을 오른다. 채 5분이 안 되어 공원 정상이 나타난다. 수목공원 안에는 어른들은 물론이고 아이들도 놀기 좋게 놀이 시설과 설비를 갖춰 놓고 있다. 마당 뜰 광장, 숲속 놀이터, 숲속 놀이 교실, 정자 쉼터 등 골고루 갖춰 놓고 있다. 유모차를 밀고 오더라도 아무런 어려움이 없는 동산이다.

정상에 올라 숨을 크게 내쉬고 놀이터로 향한다. 한 학급의 어린이를 인솔한 선생님의 생기발랄한 목소리도 좋고, 두 손을 꼭 잡고 다정히 벤치에 앉아있는 노부부도 편안하고 행복해 보인다. 인사는 먼저 보는 사람이 먼저 하는 게 좋다.

"안녕하세요? 오늘 날씨 좋네요. 참 보기 좋습니다."

"감사합니다, 신사 양반. 억양으로 보아 남쪽이 고향인가 봐요?"

"예, 서울에 산 지 50년이 되었지만, 촌놈의 억양에서 벗어나지 못하네요. 이곳에 이사 온 지는 2년 정도 됩니다. 공원이 옆에 있어 좋은 것 같은데, 매일 온다고 하면서도 그렇게 잘 안 되네요."

"신사 양반, 여긴 보통 수목공원이 아니랍니다. 정암(靜庵)이란 글자가 들어간 공원입니다. 정암은 한양 조씨인 조광조(趙光祖) 선생님으로, 중종 때 인물이지요."

"예, 그 정도는 저도 알고 있습니다."

"제 고향이 여기 용인입니다. 그 어른의 후손이지요. 여기엔 그 어른과 관련된 묘도 있고요, 그분을 배향하는 심곡서원도 근처에 있지요. 옛날에는 참 좋았는데 난개발로 인해 그만 좋은 옛 모습이 많이 사라졌습니다."

"아쉽겠습니다. 지금이라도 남은 것을 잘 보존하면 좋지요. 그리고 정암 선생 가족묘와 심곡서원은 주마간산으로 몇 차례 다녀왔습니다. 참! 저는 초계정씨 대사성공파 29대손 정병수라고 합니다. 이렇게 만나 뵙게 되어 반갑습니다. 선생님을 뵙게 된 오늘은 일석이조의 외출입니다."

"아, 그러세요? 저는 조 재원이라고 합니다."

"훌륭한 가문에 태어나는 것도 복입니다. 제가 알고 있는 정암 선생은 조선 중종 때 사림(士林)의 지지를 바탕으로 도학 정치의 실현을 위해 적극적으로 활동한 조광조의 아호입니다. 시호(諡號)가 문정이라지만 아호로 더 많이 알려졌지요. 과거시험보다는 추천을 통해 인재를 등용하는 현량과를 주장하고, 중종을 왕위에 오르게 한 공신록을 재검토하여 가짜를 삭제하는 '위훈 삭제' 등을 포함하여 개혁정치를 단행했지요. 그런 분은 예나 지금이나 편안하게 죽지 못하더군요. 결국 지금의 전남 화순으로 귀양 갔다 한 달 만에 사약을 받았어요."

"아니? 저보다 더 많이 알고 있네요. 혹시 전공이 그쪽인가요?"

"아닙니다. 저는 회계(會計)가 전공입니다. 역사는 누구나 상식 정도는 알아야 하지요. 토인비는 '역사를 잊은 민족에겐 미래가 없다'고 했다지 않습니까?"

"정말 반갑습니다. 종종 이 산에서 뵙지요. 그나저나 내가 어릴 땐 여기에 소나무가 더 크고 촘촘하게 있었는데, 지금은 보다시피 얼마 남지 않았네요."

"그렇군요. 그러나 이 정도가 어딥니까? 특히 이 산에는 소나무가 튼실한 것 같습니다. 소나무 밑에 떨어진 붉으노르스럼한 저 깔비는 화력이 참 좋아, 일등 땔감이었는데요. 요새는 그냥 두라고만 하니 농촌 출신자로선 아깝다는 생각이 많이 듭니다. 하기야 가져간들 불을 지필 곳도 없네요."

"신사 양반, 아까, 소나무 잎이 떨어진 낙엽을 특이하게 무엇이라고 하던데요?"

"아, 사투리 말씀이군요. 깔비?"

"예, 맞습니다. 깔비? 갈비도 아니고……, 생소합니다."

"우리는 그렇게 불러왔기에…… 가만있자, 표준말은 '마른 솔잎' 정도 되나요?"

"아닙니다. 솔가리입니다."

"아! 네. 솔가리라. 책에서도 듣는 것도 처음입니다. 오늘 정말 귀한 시간이 된 것 같습니다."

조금씩 불던 바람이 제법 세차진다. 기분이 상쾌하다. 옆에서 조용히 듣고 있던 할머니가 이럴 때일수록 감기 등에 조심해야 한다며 하산을 재촉한다. 우리는 이 아름다운 공원에서 미처 못다 한 이야기를 훗날 다시 하기로 약속하고 아쉽게 헤어졌다. 바람이 점점 거세어진다. 갑자기 어린 시절 고향 뒷동산에서 소 풀 먹일 때나 나무할 때 불렀던 동요가 오랜만에 떠올라 흥얼거려 본다.

"산 위에서 부는 바람 시원한 바람. 그 바람은 좋은 바람 고마운 바람 여름에 나무꾼이 나무를 할 때 이마에 흐른 땀을 씻어준대요."

봄 향기에 취하고 고향 생각에도 취하여 내 발걸음은 경쾌하게 내딛어져, 어느새 아파트 문을 열고 있었다. 진정 이것이 전원생활이고 수목공원 생활이 아니던가? 옷에 배인 소나무 피톤치드의 향이 온 방에 가득히 퍼진다. (합천신문, 2020.4) ♣

3.

할아버지가 된 친구의 내리 사랑

아마 7~8년 전 우리가 환갑 진갑 전후의 나이였던 때 같다. 당시 정계를 은퇴한 모 유명 정치인은 시도 때도 없이 자기 손자 손녀가 귀엽다며 참석하는 모임마다 아가 사진을 보여 준 모양이다. 그날도 그 친구가 참석해 있었으나 떨어져 앉은 관계로 미처 몰랐던 모양이다. 그 정치인은 여느 날과 마찬가지로 손자 사진을 꺼내어 자랑을 늘어놓기 시작했다. 이런 광경을 여러 번 목격한 친구들은 좀 심하다 싶어 그 친구 곁으로 가 조용히 말했다.

"00 국회의원, 친구야! 손자 자랑도 좋지만, 솔직히 나는 자네의 손자 사진을 몇 번이나 봤어. 사진을 계속 보여주려면 금일봉을 내고 하는 것이 어떨까?"

"아! 내가 심했나? 듣고 보니 그런 것 같네. 내 손자지만 너무 귀여워서 그만……."

그 후 얼마간 실제로 그 친구는 봉투를 돌리면서까지 다른 사람에게 손자 손녀를 자랑했다는 후문이다. 손자에 대한 그런 내리사랑은 대체 어디에서 오는 것일까?

내 대학 동기생들도 예외가 아니다. 모임을 갖게 되면 음식을 기다리는 그 짧은 시간에 여기저기서 자기 핸드폰을 내민다. 자기의 손자나 손녀의 사진을 보라는 뜻이다. 고향이 대전인 윤00이라는 친구는 점잖기로 소문이 자자하다. 대학 3학년 때는 공인회계사 시험을 보겠다고 나와 의기투합하여 여름 방학 때 같은 집에서 한 달간 하숙을 하기도 했다. 그때 한 하숙이 내 평생 처음이자 마지막 하숙이다. 그러나 신기한 것은 도서관에서 같이 공부하다 하숙집 방에 들어갈 때만 해도 문 앞이 깨끗했는데 자고 나면 윤00이 방 앞에는 밤새워 마신 빈 맥주병이 한 상자씩 쌓여있다는 점이다.

이유인즉 윤00의 룸메이트는 고교와 대학 동기이고 물주로, 대단한 애주가였다. 그는 졸업하자마자 우리나라 대표 공기업의 하나에 취업해서 학생 신분과는 비교가 안 될 정도로 경제적 여유를 갖고 생활하고 있었다. 어느 날 저녁, 하숙집에 도착하니 그는 술에 얼큰하게 취하여 나에 대한 불만을 토로하는 것이 아닌가?

“공부하려면 혼자 조용히 할 것이지, 왜 잘 있는 윤00이를 꼬드겨 공부한답시고 술도 제대로 못 마시게 하냐?”

나로서는 받아들이기 쉽지 않은 황당한 불만, 불평이었다. 그 후 윤00이는 ‘회계가 적성에 맞지 않는다.’라며 결국 회계사 시험을 포기하였고, 대신 한국은행에 입행하여 조사부, 외환업무, 총무국장 등을 두루 거친 유능한 뱅커로 무리 없이 정년을 마쳤다. 그 이후에도 금융 연수원 교수 등 여러 곳에서 봉사한 유능한 인재다. 금상첨화로 성품도 부드럽고 심지도 굳은 훌륭한 친구였다. 명심보감(明心寶鑑)

에 "먼 길을 가야 말의 힘을 알 수 있고, 오래 사귀어 보아야 사람의 마음을 알 수 있다(路遙知馬力 日久見人心)."라고 하는 구절이 연상되는 친구다.

그러한 그가 언젠가 우리 동기 모임에서 손자를 봤다며 조용히 나에게 사진을 보여주는 것이 아닌가?

"아가 잘 생겼지? 내 손자야!"

"그래, 잘 생겼네. 이제 할아버지가 되었네. 축하하네!."

"너도 곧 손주 봐야 안 되나?"

"난 아들만 둘인데, 장가를 가야 손자든 손녀든 보지……. 아직 장가갈 꿈도 안 꾸는데 방법이 없네. 나야말로 언제 할아버지가 될지 모르겠다. 우물가에서 숭늉 찾을 수도 없고 말이야."

윤00 친구는 다음 모임에서도 마치 손자 사진을 처음 보여주는 것으로 착각하며 사진을 내밀어 관심을 유도한다. 건망증이 생활화된 우리는 두 번째임을 알면서도 짐짓 처음 보는 것처럼 축하해 주었다. 그런데 문제는 아가 사진을 우리에게 3번째로 보여주면서도 마치 처음인 양 착각하고 있다는 사실이다.

"병수야, 너 내 손자 안 봤지?"

"00아, 미안하지만 벌써 세 번째다."

내리사랑이라고 하더니 그 상황을 이해하기엔 기분이 묘했다. 할아버지가 안 되어 본 나로서는 심히 혼란스러웠다.

"얼마나 손자와 손녀가 사랑스러우면 학창 시절엔 그토록 명석한 친구가 세 번이나 같은 행동을 반복할까? 언젠가 나도 손자가 생기면 저렇게 될까? 저 친구가 하는 것으로 봐선 나도 더하면 더할 텐데……

그러면 어쩌지?"

잠시 후 00이가 나를 부를 때까지 나는 넋 나간 사람처럼 앉아 있었다.

"병수야, 너 무슨 생각을 하니?"

"아니야. 아무것도 아니야. 그냥……."

얼마 전 존경하는 선배 회계사를 만났다. 식사하면서도 묘하게 화두는 손자 사랑이다.

"정 회계사! 자녀는 어떻게 되지?"

"저요? 아들만 둘입니다, 그래서 집은 언제나 삭막하지요. 딸이 하나 있으면 했는데, 이제 그 가능성은 제로입니다. 선배님은 자녀가 어떻게 되세요?"

선배 회계사는 1남 1녀를 뒀는데, 아들은 결혼 했으나 아직은 손주가 없고, 딸의 경우 외손자가 1명이라고 한다. 손자가 있어서 그런지 아들 얘기는 자연스럽게 건너뛰고, 초등학교 3학년인 외손자 얘기로 열을 올린다. 외손자는 한 달에 두서너 번 할아버지 댁으로 오는데, 선배는 딸을 보는 것보다 더 좋다는 것이다. 다만 올 적마다 할아버지 핸드폰으로 게임을 하는 것이 마음에 걸린다고 한다. 교육에 좋을 것 같지가 않아 제지하고도 싶지만, 손자 보고픈 맘에 게임을 하게 둔다는 것이다.

언젠가는 매월 5만 원 안팎의 통신요금이 기십만 원이 청구돼 알아봤더니 원인은 바로 외손자의 게임 때문이었다는 것이다. 그렇다고 어머니인 딸에게 초등학생 3학년의 게임을 문제 삼을 수도 없다. 더구나 통신요금이 많이 나왔다고 전하고 싶지도 않았다는 것이다. 오히려 시집간 딸로부터 많은 스트레스를 받게 되는 손자가 때론 처연해 보여 할아버지 집에서나마 놀고 싶은 대로 맘껏 놀게 하고, 하고 싶은 것을 어느 정도 자율에 맡겼다. 이는 아이들의 정서에 도움이 된다. 나도 곧 할아버지가 될 텐데 과연 손주 사랑은 어떻게 해야 할까? 과연 내리사랑에서 나는 자유로울 수 있을까? (2016.12) ♣

4.

등당독바골 생활

어느 날인가 강의를 마치자 대다수의 학생은 교실을 빠져나가고, 두어 명의 학생만이 질문이 있는지 교탁 주위를 서성거린다. 그 질문에 대한 설명을 해주자 학생은 고맙다며 반듯하게 예의를 갖춘다. 나도 흐뭇한 마음으로 교실을 나가려는데 '고터'에 가려면 늦겠다며 서두르자는 자기들끼리의 대화가 은연중에 들린다. 사실 나도 매월 한 번 유적 답사를 하는 터여서 관심을 나타냈다.

"학생들도 역사탐방을 좋아하는구나. 그래 오늘은 어느 '고터'로 가니?"

"네? 역사탐방 하는 '고터'가 아니고요. 그냥 고속버스터미널에 간다는 뜻인데요?"

응? 이게 뭔 말이야? 어찌하여 고속터미널이 '고터'가 됐지? 아마 문자나 카톡을 함에 있어 시간을 줄이기 위해 원래의 단어를 줄이다 보니 그렇게 된 건가 보다. 평소 단어는 뜻 전달이 중요하다고 주장하는 나로서는 마냥 어리둥절할 뿐이다. 갑자기 세대 차이가 확 느껴진다.

돌이켜보니 세월이 유수와 같다는 옛말이 절실하게 다가온다. 대학 동기생들의 나이도 어느덧 환갑을 지나더니 60대 후반을 넘어 이제는 70대를 향하여 치닫고 있다. 한때는 중소기업은 물론 대기업의 임원이나 최고경영자로서 이름을 날리던 백전노장들인데도 세월은 비껴가지 못한 듯, 앞서거니 뒤서거니 하나둘 백수(白手)로 변해가고 있다. 이왕에 백수가 되더라도 '지갑을 편하게 열 수 있는 화려한 백수면 더 좋을 텐데…….'라고 생각하다가, 문득 만나기만 하면 자신을 '화백' 일명 화려한 백수라고 주장하는 친구 철환이의 안부가 궁금해졌다.

철환이는 대구 출신으로 재수를 하여 입학한 친구다. 나보다 한 살 위이지만 예나 지금이나 항상 형 같은 느낌을 받는다. 일단 언행이 반듯하고, 논리가 정연하다. 서두르지 않고, 매사가 구체적이고 긍정적이다. 예능의 자질도 타고났는지 노래도 잘할뿐더러 대중 앞에서의 사회 또한 수준급이다, 물론 내 결혼식 때 사회를 맡기도 했다. 우리 동기회의 문제나 갈등이 생길 때 상의를 할 때면 언제나 명쾌한 해답을 제시하는 '지혜로운' 친구이기도 하다. 바둑 수준도 나보다는 좀 세기는 해도, 그런대로 같이 둘만 하다고 판단해 인터넷으로 한 수 둘까 해 전화를 했다.

"철환아! 오랜만이다. 요즘 어떻게 지내냐? 오늘 시간 되면 인터넷 바둑이나 한 수 둘까 해서..."

"어이, 병수야 반갑네. 나? 요즘 '등당독바골' 하면서 지내지 뭐."

"'등방독바골'? 그게 무슨 말이야? 무슨 욕 같기도 하고, 처음 들어

보는데. 불어야 스페인어야?"

"아니 '등당독바골'을 몰라? 야! 너는 명색이 대학 강의를 한다면서 그 정도는 알아야 하지 않겠냐? 그리고 이왕 알 바엔 제대로 알아야지. '등방독바골'이 아니고, '등당독바골'이란 말씀이야."

"'등당독바골'이라! 그 참! 발음이 쉽지 않네. 그래 그게 어느 나라 말이니?"

"어느 나라 말이라니? 그냥 우리나라 말이지!"

"에이, 나 그런 말 처음 들어보는데?"

"야, 정교수. 잘 들어! 네가 백수인 나에게 뭘 하며 지내냐고 묻기에 내가 일주일 동안의 일과를 줄여서 표현한 것이 다야. 월요일엔 등산 가고, 화요일엔 당구치고, 수요일엔 지성의 부족분을 채우려고 마을 도서관에서 독서하고, 목요일엔 치매 예방 차원에서 병수 너도 좋아하는 바둑을 두지. 그리고 평일의 마지막 금요일은 '불금'이라 하는데 젊은 애들 몫으로 넘기고 나는 내가 가장 좋아하는 골프로 하루를 보낸다네. 등산, 당구, 독서, 바둑, 골프의 준말이지. 어때?"

"아! 그런 뜻인가? 표현이 요즘 애들 것처럼 따끈하고, 뜻풀이가 오묘하네. 그 생활은 웬만한 재벌 회장도 하기 힘들 거라고 생각되는데, 네가 실천하고 있다니 정말 부럽다."

"야, 정교수! 오해하지 마. 네가 '등당독바골'이 뭔지 물었기에 이를 설명하느라 이야기가 길어졌지만, 내가 반드시 실천한다는 뜻은 아니야. 그냥 희망 사항이지. 가능한 한 지키자고 나 스스로 최면을 거는 거라고 보면 돼."

"알았네. 네가 '등당독바골'을 다 지키든 아니든 그건 중요한 게 아니지. 중요한 것은 네가 그런 생각을 한다는 것 아닐까? 6년 전 우리 입학 40주년 기념으로 발간한, 아마도 내 생각엔 우리나라 최초의 동기 동창지 아닐까 하네만, 〈우리들의 이야기〉에서 너는 '나는 다시 꿈꾸기로 했다.'라는 글을 올린 기억이 나는데, 지금 보니 그 꿈을 차근차근 실천해 나가는 것 같군. 그 글에서 너는 말하기를 '왜 꿈꾸지 않는가? 아직도 나에겐 바닷가의 모래알보다도 더 많은 시간이 있으며, 지금 당장 시작하기에 늦은 것은 아무것도 없다.'라고 했었지.

참, 이것도 기억나네. 네가 작년 연말 송년회 자리에서 통계청의 발표라며, '우리 나이 또래의 향후 10년간 생존율'이 상식적으론 80% 이상 높을 것 같지만 겨우 50여 %밖에 안 된다고 해 우리들을 당황스럽게 한 사건 말이야.

그냥 바둑이나 한 수 하자고 전화한 게 너무 멀리 나갔네. 그래, 오늘은 월요일이니 바둑은 목요일에 두자구. 그리고 내일은 어찌 될지 모르니, 오늘 이 순간을 열심히 살자고요. 시간이 많이 늦었네. 잘 자라 친구야!"

Yesterday is history.

Tomorrow is a mystery.

Today is a gift.

That's why we call it the present."

(어제는 이미 사라진 과거요,

내일은 아직 아무도 모르는 미스터리이니,

오늘이 선물이지

그래서 우리는 오늘을 present라고 부른다.)(합천신문, 2020.2)♣

5.

주차장에 핀 친절

2018년도 며칠 남지 않은 12월 중순이었다. 대구에 거주하는 친구 종표가 조카결혼식에 참석할 겸 오랜만에 친구들 얼굴도 본다며 수원으로 온다는 기별을 받았다. 다른 친구들로부터 내가 수원 근처로 이사했다는 소식을 들었다는 것이다. 사실 이사 온 지 얼마 되지 않았기에 수원역의 주위 도로 사정을 잘 모르지만 '내비게이션'이라는 똑똑한 기기만 믿고 아무 걱정 않고 자동차 시동을 켰다.

"수원은 지방 도시이므로 서울과는 달리 주차장은 당연히 여유가 있을 거야!"

물론 근거가 있어서 그렇게 생각한 것은 아니다. 수원은 세계 10대 도시에 속하는 서울보다는 작은 도시라는 단 하나의 사실만으로 주차장도 그렇게 되어야 마땅하다는, 막연하나 강한 나의 신념의 이미지가 그렇게 반응하도록 한 것이다. 이를 재미있게 유머화한 것이 "사람은 누구든 개 2마리를 키운다."는 이야기가 있다. 한 마리는 선입견(先入見)이라는 개이고, 또 한 마리는 편견이라는 개란다. '본다'는 뜻인 견(見)과 '개'를 뜻하는 견(犬)의 소리가 같음에 착안하여 우리 인간의 불완전함을 꼬집는 품격있는 유머이다.

나도 그 편견 때문에 수원 시내의 주차장은 여유가 있을 것이고, 도로는 막힘 없이 달릴 수 있다고 상상한 것이다. 아니나 다를까, 나의 편견은 사실로 드러나 수원역에 가까이 갈수록 도로는 혼잡해져 갔다. 나중에는 제발 만나자고 한 시각에 늦지만 않게 해 달라고 바랬다. 수원역 주변의 도로는 폭이 넓지 않은 데다, 역사(驛舍)는 유명 백화점의 자본으로 신축된 복합 건물이었다. 초행인 나로서는 네비게이션의 안내에도 불구하고 혼잡한 도로 사정으로 주차장 입구를 못 찾아 몹시 당황스러웠다. 엎친 데 덮친 격으로 뒤에서 울려대는 '빵빵' 거리는 경적은 짜증 그 자체였다. 언젠가 대형 트럭의 요란한 경적에 놀라 사고 직전까지 간 경험이 있었기에 승용차의 가벼운 경적에도 신경이 예민해짐을 자주 경험하게 된다. 진땀이 흐른다. 우여곡절 끝에 다행히 주차장 입구를 찾았다. 그런데 빈자리가 없는 지 주차를 기다리는 차량 행렬이 자꾸만 늘어진다.

마음이 조마조마하며 초조해지고 있는데, 아니나 다를까 친구가 역에 도착했다는 전화가 왔다. '지금까지 살아오면서 시간 약속만큼은 나름 잘 지켜왔다는 프라이드가 있는데……' 속이 매우 상한다.

"종표야, 미안해! 주차장 코앞에서 차가 밀려 주차 대기 중이야. 여유 있게 출발한다고 했는데, 여기가 이렇게 복잡할 줄 몰랐어. 곧 주차장에 주차하고 출구로 갈 테니, 초행인 너도 다른 데 가지 말고 출구 근방에서 기다려 줄래?"

"그럼, 그렇게 하지 뭐. 나는 시간 많으니까 천천히 와!"

나는 주차 안내요원의 지시에 따라 4층에 주차를 했다. 주차장이 넓기는 했어도 반듯해 보이지는 않았다. 주차한 곳의 위치를 확인하고, 기차 승객의 출구를 향하여 뛰었다. 그런데 기차 역사가 상가와 함께 사용하는 복합건물이라 기차 여객 출구가 어디에 있는지 알 수가 없다. 백화점 손님인 듯한 사람에게 물어보니 백화점을 거쳐 내려가야 한다고 한다. 초행자에겐 다소 혼란스러웠지만, 백화점의 환한 조명을 받으며 숨 가쁘게 KTX 출구 근처로 다가가니 친구가 벤치에 앉아 기다리고 있었다.

"종표야, 반갑다. 늦어서 미안해. "

우리는 인근 카페에서 이런저런 이야기를 했다, 친구의 목적지는 곧 있을 친척의 결혼식 행사에 참가하는 것이었다. 그렇게 먼 거리도 아닌 것 같아 결혼식장까지 데려다주기 위해 함께 주차장으로 향했다.

그런데 이게 웬일인가? 아까 급한 맘에 서둘러 온 탓인지는 몰라도 분명히 4층에 주차를 했는데 내 차가 보이지 않는다. 차 열쇠에 붙은 '위치 추적기'를 몇 번이나 눌러도 '웽'하는 소리가 들리지 않는다.

"길눈이 밝다는 내가 왜 이러지?"

"주차장은 4층 건물이므로 5층이 없으니, 분명히 4층인데 말이다. 아니면 내가 3층에 주차하고 4층으로 착각하는 걸까?"

결국 우리는 3층 주차장으로 내려가 4층에서 한 것처럼 '위치 추적기'를 누르며 바삐 움직였으나 허사였다. 답답하다. 할 수 없이 주차요원의 도움을 받기로 했다. 그런데 설상가상으로 추운 날씨 탓인지 주차 요원이 보이지 않는다. "이 황당한 일을 어떻게 하지?"

그때였다. 가슴에 이름표를 단 중년 부인이 매서운 바람을 피하기라도 하듯이 뛰다시피하며 걸어가는 것이 보였다.

"잠깐만요! 주차한 곳을 못 찾아 그러는데 혹시 주차 요원을 불러 주실 수 없나요?"

"고객님, 이 3층에는 주차 요원이 별도로 배치되어 있지 않은 걸로 알고 있습니다. 저는 미화 담당 반장인데요. 주차에 대해선 자세히 모르지만 원하시면 도와 드리겠습니다. 3층에 주차한 것이 맞으신가요?"

"제 생각으로는 분명히 4층, C블럭인 것 같은데요. 그곳에 가서 봐도 찾지를 못해, 혹시 3층인가 싶어 이렇게 내려와 찾고 있는 중입니다."

"4층 C블럭이라고요? 감이 오네요. 4층으로 같이 가 보시죠."

미화 반장은 추위에 연신 손을 비비며 앞장 서 간다. 주차장이 넓어서 그런지, 방금 직전 우리가 갔던 곳과는 다른 방향으로 향한다, 그때서야 나도 어디에 주차했는지 조금 감이 오는 것 같다.

"반장님, 이제 알 것 같습니다. 추우신데 그만 돌아가시죠?." "아닙니다. 찾는 걸 보고 가겠습니다.", "아! 저기 있네요."

내가 안도의 한숨을 쉬자, 반장은 내가 무슨 말을 할 것인지를 눈치챘다는 듯이 말한다.

"이곳에 초행자가 주차하면 선생님처럼 애를 먹을 수밖에 없을 것 같습니다. 제 소관은 아닙니다만 개선이 되도록 담당자에게 건의 하도록 하겠습니다. 날씨가 올해 들어 제일 추운 날이라는데 저희 잘못으로 생고생을 했네요. 정말 미안합니다."

친절이 몸에 밴, 가슴에서 우러나오는 목소리이다. 나도 정중히 응답했다.

"고맙습니다. 다음에 올 땐 물건도 사고요, 특히 주차를 잘 했다가 오늘처럼 관계자를 고생시키지 않겠습니다. 오늘 정말 고맙습니다."

우리는 '안녕히 가세요.'라는 인사를 받고 떠나려다, 저만치 가고 있는 그 여반장에게로 달려갔다. '칭찬 엽서'라도 보내려면 이름은 알아야 했기 때문이다.

"아닙니다. 됐습니다. 주차는 제 소관이 아니기도 합니다만, 제가 여기서 월급을 받는 직원으로서 당연히 할 일을 한 것밖에 없는데요, 그리고 다른 직원들은 저보다 훨씬 친절하거든요."

겨우 양해를 받아 이름 석 자를 메모했다. 윤00. 그리고 주차장을 빠져나왔다. 대로에는 여전히 차량이 홍수를 이루고 있다. 한동안 친구와 나는 말이 없었다. 그러다가 친구는 묵직한 베이스 톤으로 입을 열었다.

"아까, 그 아주머니 말이야. 직업 정신이 정말 투철한 분 같지 않니? 친절도 하지만 그보다 겸손도 보통 내공이 아니야! 아무리 세상이 각박하다 해도 저런 천사 같은 사람이 1%라도 있으니 이 세상은 돌아가는 거야. " 나는 마치 중대 선언이라도 들은 것처럼 숙연해진다. 그것은 마치 나를 향하여, 나아가 이 세상을 향하여 하는 선언처럼 들려왔다. 그리곤 또 침묵이 흐른다. 그러나 내 맘엔 오랜만에 희열이 저장되는 느낌이다.

광교 호수 옆을 지날 때 스치는 바람 소리가 마치 수원역 주차장에서 '조심해서 운전하세요.' 라고 친절하게 인사하던 반장님의 목소리

처럼 들렸다. 어느새 도심을 벗어났는지 차는 시원하게 달리고 있었다.(합천신문, 2019.2) ♣

6.

공자도 괴테도 회계사였다

1970년대 베트남 전쟁이 한창일 때 '스키 부대'에 속해 작전을 수행하여 많은 전공을 세웠다며 자랑하는 이가 있었다. 베트남을 잘 모르는 어수룩한 사람은 그런가 하고 믿는다. 열대 지방인 베트남에 눈이 올 리 없건만 그런 거짓말을 하는 자는 남을 현혹할 만큼 화술도 좋게 마련이다. 그렇다면 바다가 없는 나라에 해군이 있다는 것은 거짓말일까?

남미를 여행하다 보면 볼리비아(Bolivia)를 가는 경우가 있다. 볼리비아란 나라는 바다와는 상관없이 페루, 칠레, 아르헨티나, 파라과이 및 브라질의 5개국을 국경으로 한 내륙 국가이다. 다만 페루와 볼리비아의 국경 지대인 안데스산맥 중부의 산간 분지에 남아메리카에서 가장 큰, 수면(水面) 고도는 3,812m로 세계에서 제일 높은 '티티카카'란 담수호가 있다.

이 호수 주위에는 고대 잉카(Inca) 문명의 유적이 많다. 그 호수에는 약 170여 척의 초계정과 잠수함을 갖춘 4천 5백여 명의 장병으로 조직된 볼리비아 해군본부가 있으며, 이 중 6백여 명은 남미 최강의 해병대원이다. 칠레와의 4년여간 전쟁에서 져 1883년부터 바다로 나가는 길이 막혀버린 것이다. 그런데 약 150년이 지난 오늘날도 옛날의 바닷길을 회복하겠다는 일념으로 호수 위에 해군을 유지하고 있다. 믿기 어렵겠지만 사실이다.

공자(孔子; BC551~BC479)하면 우리는 근엄한 학자 상을 떠올린다. 회계 또는 경리와는 어딘가 어울리지 않는 이미지로 알고 있다. 공자는 중국 역사에서 가장 혼란했던 춘추전국시대에 지금의 산동성에 있는 곡부라는 도시, 당시 노(魯)나라에서 태어나 가난하게 자랐다. 노부(老父)는 세 살 때 돌아갔고, 어머니마저 17세 때 세상을 떴다. 형제라 해도 이복형이 있었으나 그마저도 불구였다.

공자는 15세부터 학문에 뜻을 두고 예(禮)를 배웠지만, 당장 먹고 사는 것이 급하여 무슨 일이든 닥치는 대로 해야만 했다. 20세가 되어 처음으로 관직에 나갔으나, 맡은 벼슬이라곤 위리(委吏)라는 직책으로 오늘날 창고 출납을 하는 하급 경리에 불과하였다. 그러나 장부 정리(회계)를 하면서 공자는 언제나 꼼꼼하고도 빈틈이 없었다.

오늘날로 보면 재무상태표나 손익계산서를 작성하는 복식부기(複式簿記)를 취급한 것은 아니지만 출납을 했다니까 단식부기(單式簿記)를 한 셈이다. 나는 단식부기만 잘해도 공인회계사(公認會計士)라곤 할 순 없어도 엄연한 회계사(會計士)라고 부른다. 얼마 후 가축을 사육하는 승전(乘田)이라는 직책을 맡아서도 최선을 다했기에, 누구보다도 소와 양을 잘 길러냈다고 한다.(孔子嘗爲委吏矣 , 曰 '會計當而已矣'。嘗爲乘田矣 , 曰 '牛羊茁壯 , 長而已矣').

비록 이끌어 주는 스승이나 도와주는 후원자도 없었지만 어떤 일이든 정성을 다하면 자신도 성장하고 세상도 변화시킨다는 강한 믿음이 있었던 모양이다. 학문에 정진하면서도 스승이 될 만한 사람이면 누구든지 아무리 거리가 멀다 하더라도 찾아가 가르침을 청하고 궁금한 점을 묻고 또 물었다. "남들이 한 번으로 가능할 때 나는 백 번을 노력하여 자신을 단련시켰다."라고 공자는 술회하고 있다.

영원한 스승인 공자도 2,500년 전의 창고출납 기록과 오늘날 컴퓨터로 처리하고 있는 회계 기록을 비교하면 그 처리속도에 놀라겠지만, 차 대변(좌변과 우변)으로 아귀가 맞는 복식부기를 당시에 왜 개발하지 못했는지 회한으로 밤잠을 설칠지도 모르겠다. 복식부기가 이 세상에 공식적으로 얼굴을 보인 것은 1594년 베니스의 '루까 파치올리'라는 수사(修士)에 의한 것이니 그 역사가 겨우 4백 년이 되었을 뿐이다.

80년이 넘는 긴 생애에 『젊은 베르테르의 슬픔(1774)』이란 베스트셀러에서 『파우스트』 같은 대작에 이르기까지 다양하고도 폭넓은 작품을 쓴 독일의 거인, 괴테 (1749~1832)는 어떤가? 그는 문학뿐만 아니라 과학자이자, 자연 연구가이기도 하였으며 뛰어난 복식부기 옹호론자였다.

괴테의 첫 직업은 문학과는 좀 거리가 있었다. 1775년, 26살의 괴테는 프랑크푸르트를 떠나 이후 제2의 고향이 된 바이마르로 향한다. 인구 6천 명의 작은 공국의 새 군주 카를 아우구스트 대공은 괴테를 재정·회계 책임자로 맡겼다. 이 일을 하면서 체험적으로 느낀 유명한 말이 “복식부기는 인간의 지혜가 발명한 위대한 산물 중의 하나”이다. 그는 10년간 재정 및 회계를 하면서 공직을 성공적으로 수행한 행정가이자 정치가였다. 그러나 바이마르 생활 10년 만에 도망치듯이 이탈리아로 여행을 떠난다. 이렇게 시작된 3여 년간 여행하는 동안 괴테는 이탈리아의 주요 명소를 돌아보고 고전주의적 문학관을 확립한다.

회계는 기업의 전유물이 아니다. 우리의 생활과도 밀접하게 관련되어 있기 때문이다. 마치 산소가 중요한데도 의식하지 못하고 살아가듯이, 우리가 알게 모르게 사용하는 것 자체가 회계(會計)인데도 말이다. 가계부가 그렇고, 아파트 관리비 명세서가 바로 회계이다. 돈이 있는 곳에 회계가 따른다. 공자의 학문도 괴테의 문학도 회계와 관련이 없다고는 할수 없다. (합천신문, 2021.1.) ♣

7.

마음을 깨우는 여름 비

장마 언저리에 새벽부터 주룩주룩 비가 내린다. 나이 탓인지 빗소리에도 잠을 깬다. 평상시 같으면 책상에 앉겠지만, 오늘은 왠지 망설여진다. '뭘 하지?' 하다가, 나는 반바지 차림으로 새벽 산책이라도 할 겸 아파트를 나선다. 인적이 드물다. 우산을 받쳐 드니, 제법 굵은 빗방울이 요란하게 우산을 때린다.

몇 발짝 가다가 뜬금없이 학창 시절 교과서에서 읽었던 백설부(白雪賦)를 떠올린다. 아마 눈(雪)이 비(雨)와 대조되기 때문일까? 백설부는 김진섭 선생님이 하늘에서 내리는 눈을 바라보면서 느낀 감정을 무게 있게 쓴 수필이다. 그 수필을 좋아했기에 지금도 몇 대목은 외우고 있다.

"말하기조차 어리석은 일이나 도회인으로서 비를 싫어하는 사람은 많을지 몰라도, 눈[雪]을 싫어하는 사람은 아마 거의 없을 것이다. 눈을 즐겨하는 것은 비단 개와 어린이들뿐만이 아니다. 겨울에 눈이 내리면 온 세상이 일제히 고요한 환호성을 소리 높이 지르는 듯한 느낌이 난다. 나는 일찍이 눈 오는 날에 무기력하고 우울한 통행인을 거리에서 보지 못하였으니, ……중략……백설이여! 잠시 묻노니, 너는 지상의 누가 유혹했기에 이곳에 내려오는 것이며…….”

지금 읽어도 가슴이 뭉클해지는 명수필이다. 가을 학기가 끝날 12월 무렵엔 예고도 없이 눈이 살포시 내리는 경우가 있다. 나는 그때를 놓치지 않고, 딱딱한 회계학(會計學) 강의를 잠시 접어두고 학생들로 하여금 창밖을 보게 한 다음 위의 백설부 한 대목을 들려주는 일탈을 즐기기도한다. 그런데 김진섭 선생님은 눈을 좋아한 나머지, 많은 사람이 비를 싫어한다고 토로하고 있다.

비가 멈춘 7월의 따가운 햇볕에 식물도 움츠러들고, 벌레도 더위를 피해 숨어든다. 만물의 영장인 인간도 별수 없다. 간혹 객기를 부리다 건강을 잃는 경우도 있다. 그래서 더위를 피해 산으로 들로 시냇가로 또는 바닷가로 향한다. 도착지가 풍광까지 받쳐주면 금상첨화다. 시원한 계곡물에 발을 담그고 싱싱한 수박을 먹는 맛은 천국을 상상해도 결코 부족함이 없을 것이다.

여름의 더위와 쌍벽을 이루는 것이 여름비(雨)다. 봄의 보슬비도 아니고 가을의 부슬비도 아니고 시원하게 쏟아지는 여름 비 말이다. 온대 지방의 여름비는 개성이 강하다. 물론 태풍을 제외하고…….

비 오는 날 사람들이여! 그냥 방에 있지 말고 우산을 받쳐 들고 밖을 나가 봐라! 먼저 태고의 자연소리가 들리지 않는가? 검은 우산이면 어떻고 찢어진 것이면 어떠리! 손에 핸드폰만 달랑 들고, 비록 반바지가 비에 젖어도 나쁘지 않다. 비를 억지로 피하지 말고 온전히 맞으면서 떨어지는 빗방울 소리를 한번 경청해 봐라. 그 소리는 마치 베토벤의 교향곡 같기도 하고, 조용한 소나타 같기도 하다. 그런 수준 높은 곡과 거리가 있다면 새벽 산사의 목탁 소리는 어떤가? 그것도 아니라면 유행가 한 구절을 떠 올리는 것도 좋다.

"빗소리 들리면 떠오르는 모습, 달처럼 탐스런 하얀 얼굴 ……중략……개울 건너 작은 집의 긴 머리 소녀야. 눈감고 두 손 모아 널 위해 기도하리라."

아득한 옛날의 추억이 아닌가? 이것이 좀 유치하다고 생각 들면 밤늦게까지 실험실 불을 밝혀 인류를 질병에서 구해보겠다는 단단한 각오를 하는 의료인들의 상상은 또 어떤가? 비는 그냥 비로 그치는 게 아니다. 인체의 60~70%가 알고 보면 수분이다. 물이 어디에서 오는가? 그것의 원천은 비다.

사막(砂漠)이란 모래가 있는 곳이 아니다. 물이 없는 곳이 사막이다. 고운 모래로 펼쳐져 있는 사막은 텔레비전 화면에서나 보는 곳이지, 사막 대부분은 보기조차 흉물스러운 흙과 돌로 이루어져 있다. 그런 곳에선 주룩주룩 떨어지는 비가 아닐지라도 하늘에서 이슬비 같은 것만 내려도 축복이라며 콧노래를 부른다. 어쩌다 우리는 결혼식 날 비가 오면 그날 자체가 길일이라 한다. 그날이 결혼일이면 하나님의 가호라며 모두가 하던 의식을 멈추고 비를 맞기까지 한다. 그러니 이 아침에 내리는 비는 얼마나 축복이며 고마움인가?

나는 비 오는 오늘 아침 우산을 들고 아무도 없는 호수 갓길을 걸어본다. 물속의 갈대가 나에게 속삭인다. 나의 답례에 갈대가 쑥스럽게 웃는 듯하다. 호수 한가운데를 바라본다. 빗방울이 조용히 떨어지니 방울방울 조그만 파문이 인다. 내 마음도 덩달아 크고 작은 파문이 일어난다. 열심히 살라는 파문일까? 이제는 쉬라는 위로일까? 어쨌든 내가 살아있음이 감사하다. 아침이 다가올수록 사람이 한두 명 보인다. 나는 발걸음을 옮겨 서둘러 집으로 향한다. 한여름의 비, 우산 그리고 호수의 파문에 대한 실타래를 풀어보면서 걷는다. 갑자기 청둥오리 한 마리가 푸드덕하며 하늘로 솟아오른다. 여름비는 인간에게 많은 생각을 하게 한다. 나는 눈 오는 겨울도 좋지만, 그에 못지않게 마음을 깨우는 여름비도 좋아한다. (2020.8) ♣

8.

천안 광덕산 등산기

2014년 2월로 기억된다. 다가오는 3.1절엔 고등학교 친구 현제와 산행을 하기로 약속하고, 어느 산으로 갈까 망설이고 있었다. 평소 등산을 좋아한다는 후배에게 도움을 요청하니, 선뜻 천안 광덕산을 추천한다. 광덕산 주위는 우리나라 호두나무의 시배지이기도 하다. 더 고마운 것은 후배 본인이 직접 우리 산행에 참여해 안내해 주겠다는 것이다.

서울 고속버스터미날에서 출발한 고속버스는 1시간 조금 넘어 천안고속버스터미날에 도착했다. 기다리던 후배와 만났다. 천안 명물 호두 과자를 사서 배낭에 넣으니 간식으로 든든하다. 후배는 "광덕산이 천안 일대에서는 가장 높은 산이며, 옛날부터 나라에 전란이 일어나거나 불길한 일이 생기면 산이 운다."고 하면서 우리나라 100대 명산 중의 한 곳이라고 자랑을 늘어놓는다.

광덕산 등산로 입구에 다다르니 광덕사(廣德寺)란 천년 고찰이 나타나고, 천연기념물로 지정된 4백 년 된 호두나무가 반겨준다. 나무 둘

레가 4m나 되고, 높이도 20m는 훌쩍 넘어 보이는 것이 얼핏 보기에 감나무와 비슷해 보인다. 우리나라 호두나무의 시조이다. 이 호두나무를 계기로 천안 호두과자가 유명세를 얻은 모양이다. 광덕사 관람은 하산후로 미루기로 하고 산행을 시작했다.

초봄의 날씨는 맑고 따사롭다. 장갑을 끼지 않아도 손은 시리지 않을 정도이다. 그러나 아직은 꽃망울이 터지지 않은 겨울과 봄 사이로, 춘래불사춘(春來不似春)이다. 산을 오르기 시작한 지 20여 분이 지났다. 세상살이를 화제로 얘기하며 천천히 걷는 것도 등산의 즐거움이다. 광덕산의 높이가 699m인데, 그 높이와 같은 숫자인 699개의 계단으로 이루어진 급경사가 우리를 가로막는다. 그런데 '시작이 반이고, 천리 길도 한 걸음부터'라고 숨가뿐 호흡과 함께 등짝에는 땀이 흥건하다. 겨우 첫 번째 관문을 통과한 모양이다. 모두 바위를 의자삼아 주저앉기 바쁘다. 목도 마른지 물부터 찾는다. 우리가 앉은 곳에서 멀리 떨어지지 않은 곳에서, 꿩이 푸드덕 하며 하늘을 향해 솟아 오른다. 다음 이정표를 보니 육안으로도 보이는 지근거리인 듯한데, 정상까지가 무려 1.3km가 남았다고 표시되어 있다.

"자, 그만 쉬자. 너무 쉬면 오히려 등산하는데 지장이 있어!"라는 말에 배낭을 다시 메고 두 번째 관문을 향해 발걸음을 옮겼다. 등산로 주변에는 소나무도 드문드문 있지만, 대부분 도토리나무와 같은 활엽수가 많이 분포되어 있다. 삼천리 금수강산에 절개를 지키며 꿋꿋이 자라던 소나무가 온대에서 아열대성 기후로 변하면서 참나무에 밀려 점차 사라져가고 있다는 소식이 안타깝다. 등산로 초입과는 달리 정상으로 올라갈수록 앙상한 가지와 싯누런 낙엽만 즐비하다. 좀 쉬다가 산 정상을 향하여 가기 위해 다시 일어났다. 주변에는 겨울에 내린 눈이 녹지 않아 곳곳에 잔설(殘雪)이 눈에 띈다.

무아지경 끝에 마지막 힘을 내 드디어 정상에 도착했다. 벌써 전국에서 모여든 등산 애호가들로 좁은 정상을 가득 메우고 있다. 모두가 숨을 헐떡이면서도 정상을 알리는 표지석을 배경으로 인증샷을 찍기에 바쁘다. 우리 일행도 기념으로 한 컷을 찍고, 한쪽 귀퉁이에 앉아 정상주(頂上酒) 막걸리를 한 모금 들이켰다. 옥수수 막걸리 한 사발이 혀와 목을 타고 내려가는 맛은 가히 일품이다. 술이라기보다는 사막의 오아시스 샘물처럼 달고 시원하다. 이런 기분 때문에 매주 산에 온다는 사람도 꽤 많다.

약간의 취기에 그간 등산을 했던 추억들이 하나하나 떠오른다. 취미가 별로 없던 나로서는 등산이 취미이자 운동이다. 때로는 친구들과 때로는 직장 동료들과 '산악회'를 만들어 다니기도 했다. 어느 해 가을에 고교 친구 4명이 2박 3일로 지리산 종주를 하기로 했는데, 2명이 오지 않은 관계로 짊어지고 간 4명분의 짐 때문에 고생을 한 아픈 기억도 떠오르고, 울릉도에 1박 2일로 놀러갔다가 파고에 뱃길이 막히는 바람에 하루를 할 수 없이 체류하는 대신 성인봉을 밟을 행운을 얻기도 했다. 또 어느 해인가 한해를 마감하는 12월 31일 직장 동료 전원이 좁은 식당에서 술을 마시기 보다 북한산 백운대에 오르는 진기록을 세워보기도 했다. 그러고 보니 우리나라 주요 명산인 백두산, 지리산, 설악산은 물론이고,서울 근교의 북한산, 관악산, 명지산, 용문산을 위시하여 강남의 청계산에 이르기까지 웬만한 산은 두루 밟아본 셈이다.

등산을 모르는 사람들은 "다시 내려와야 하는 산에 무엇 하러 그렇게 힘들게 오르느냐?"고 묻곤 한다. 우문(愚問)에는 무답(無答)이 약이다. 오늘 산행은 3시간이 좀 넘게 걸렸다. 등산은 지루하지 않으면서도 운동량이 많다. 일단 산으로 나서기만 하면 산행은 어디든 건강에 좋다. 명산은 명산대로 악산(岳山)은 악산대로 제멋이 있게 마련이다.

올라온 곳으로 하산하니, 광덕사가 나타난다. 광덕사는 광덕산(廣德山)에 삼국시대 신라의 자장 승려가 창건한 사찰이라고 한다. 임진왜란 이전까지는 충청도와 경기도 지방에서 가장 큰 절 중의 하나로서, 사찰 소유 토지가 광덕면 전체에 이르렀고, 89개에 달하는 부속암자가 있었다고 한다. 충남 문화재 자료로 지정된 천불전 안에는 천불이 그려진 후불탱화(後佛幀畵)가 3점이 있는데, 이 탱화는 가로 28자, 세로 35자의 거대한 규모이다. 이 외에도 세조어첩(世祖御帖)」 등의 귀중한 문화재가 있다.

요즘 허리 디스크로 걷기가 부자연스럽다. 하물며 등산은 더 힘들다. "건강할 때 건강을 챙겨라." 라고 했는데, 아프고 보니 새삼 아쉬움으로 다가온다. 7년 전의 추억의 광덕산 등산을 지난 옛일로 넘기고 또 다시 등산할 그 날을 기대해 본다.(2021.5) ♣

회계학 박사가 들려주는 아주 특별한 '촌놈' 이야기

영원한 촌놈

글 정병수

圖書出版 오래

(2015년 발간)

촌놈이 어때서

정병수 두 번째 수필집

도서출판 비움과 채움

(2017년 발간)

회계학 박사가 들려주는 '촌놈'다운 이야기

촌놈으로 살다보니

초판1쇄 2021년 5월 27일

지은이 : 정병수
펴낸이 : 이규종
펴낸곳 : 예감
등록 : 제2015-000130호
주소 : 고양시 덕양구 호국로 627번길 145-15
전화 : 031) 962-8008
팩스 : 031) 962-8889
홈페이지 : www.elman.kr
전자우편 : elman1985@hanmail.net

ISBN 979-11-89083-73-1 03810

값 15,000 원